Jannis Plastargias

Meine Mutter Griechenland

Wir sind nicht alle gleich,
und wir wollen es auch gar nicht sein.

Vorwort / Πρόλογος

Nein, nicht die griechische, die türkische möchte ich haben, die TÜRKISCHE, Alter, die türkische, die neben der griechischen steht, arggghhh! Das denke ich, während ich hier stehe und die Namensschildchen der beiden Damen lese – ich favorisiere diejenige von beiden, die türkischer Herkunft ist.

Diese Frau, die neben mir steht, trägt eine randlose Brille, ist stark geschminkt, etwas zu bunt vielleicht, beim Lächeln hat sie Grübchen, doch das ändert nichts an der Tatsache, dass sie die Falsche ist, die, die mich nicht bedienen sollte. Ich kann ihr Namensschild sehen, sie weiß meinen Namen noch nicht. Sie kann es mir nicht ansehen, sie spürt nichts. Doch ich weiß Bescheid und ich beginne zu schwitzen. Heiß und kalt ist mir. Denn ich weiß, was nun kommt, im Gegensatz zu ihr. »Wie kann ich Ihnen helfen?«, fragt sie, *noch* unschuldig und dienstbeflissen.

»Wie wohl?«, denke ich mir. »Du dunkelhaarige griechische Schönheit, du sollst mir eine Brille verkaufen!«

»Ach ja, und Sie haben sich schon eine ausgesucht?«

»Ja, zum Glück!«, denke ich, sonst wäre das alles noch sehr viel schlimmer. Ich fühle mich so schon sehr unwohl. Sie weiß nicht, was passieren wird, denn wenn sie es wüsste, wäre sie bereits besser gelaunt, etwas angestrengter, nicht so gleichgültig, wie sie gerade noch tut. Ich halte es kaum noch aus. Sie fragt mich etwas, ich gebe ihr keine Antwort, bin in Gedanken. So schaut sie mich irritiert an. »Ja, entspiegelt und so, wie die Brille zuvor, die gleiche Marke bei den Gläsern ist recht.« Wieso ich so gleichgültig bin, fragt sie sich sicherlich. Doch ich bin nur aufgeregt, weiß ja bereits, was passieren wird.

Sie schaut mich an, ich war wieder weggetreten, hatte keine Antwort gegeben. Sie mustert mich, fragt sich, was los ist. Es ist nun wie ein Spiel zwischen uns beiden. Herausfinden, was in dem anderen vorgeht, versuchen, die Blicke zu deuten, etwas darin zu lesen. Doch ich bin ein Po-po-po-kerface. Und ich weiß mehr als sie. Sie wiederholt die Frage. Wie ich heiße. Ich nenne meinen Namen.

Ja, und jetzt, jetzt, genau jetzt passiert das Unvermeidliche, das, worum es sich die letzten Minuten drehte, was sie nicht wusste, ich allerdings schon lange erahnte, und was ich verhindern wollte. Ich hatte es doch gesagt: Sie ist die Falsche, ich wollte die türkische! Nun redet sie Griechisch mit mir, fließend, erbarmungslos möchte ich es nennen, ich komme nicht mehr mit, denn diese Optiker-Begriffe kenne ich nicht.

Die Wörter »Auge« und »Brille« verstehe ich ja noch, aber die Fachbegriffe, nein, da muss ich passen. So sage ich ihr nach ihren ersten drei Sätzen, von denen ich nur die Hälfte verstanden habe, dass sie doch bitte ins Deutsche switchen möge, was sie auch tut, allerdings eher unzufrieden. Als sie meinen genervten Blick auffängt, entspinnt sich nun genau das, was ich bereits vorhergesehen hatte, als ich sie da neben der türkischen Optik-Tussi stehen sah: Sie wirft mir vor, nicht gescheit Griechisch zu sprechen, mich zu sehr integriert, ja, angepasst, assimiliert zu haben. Und so weiter.

Ich frage mich, wieso ich nur ausgerechnet heute zum Brillekaufen hergekommen bin und möchte nur noch fortfortfort. Doch zu spät, zu spät, verdammt. Und jetzt sitze ich da, mit der beleidigten Frau, die weiterhin darüber Monologe hält, wieso sie es für wichtig hält, unsere gemeinsame Sprache (wie bitte?!) zu hegen und zu pflegen, wie schön es sei, Gleichgesinnte kennenzulernen, sprich: andere Menschen griechischer Herkunft, und dass das doch nicht das Gleiche sei wie mit den Deutschen, das könne ich ja schließlich nicht im Ernst denken. Und ich schwitze umso mehr, fühle mich ganz unangenehm schlecht und frage mich, wie lange dieses Gespräch noch dauern kann, wie ich sie zur Ruhe bringen könnte, und überlege mir, dass ich gleich diese teure Brille gar nicht kaufe, nur um dieser vollbusigen Frau zu entkommen.

Ja, und langsam, langsam beginne ich mich zu schämen und denke: »Ja, könnte ich nur perfekt Griechisch, dann hätte ich gescheit antworten, immer schön ›jaja‹ nicken, auf schüchtern machen, ein bisschen mit den Augen zwinkern können und dann hätte es eine nicht ganz so lange ›Standpauke‹ gegeben. Ich wusste das gleich und deswegen wollte ich die türkische haben. Ich gehe nie wieder in diesen Apollon …«

DAS war eine persönliche Anekdote, die tatsächlich dem Autor, also mir, geschehen ist. Sie zeigt, dass meine »Herkunft« immer eine Rolle spielen wird, egal, ob freiwillig oder unfreiwillig, diese Herkunft, der andere »Hintergrund« wird zwangsläufig auf die eine oder andere Weise thematisiert werden. Von anderen oder von mir selbst. Und wenn es nur darum geht, dass jemand, weil er sich mit mir anfreunden oder verbinden möchte, als Erstes von seinen Griechenland-Urlauben erzählt (und damit häufig von Orten, die ich gar nicht kenne).

In den Geschichten dieses Erzählbandes gibt es sehr selten biografische Bezüge, vielleicht mal eine Person, einen Namen, eine Begebenheit, aber meist etwas verfremdet, sodass ich niemandem zu nahe trete. Vieles ist auch einfach meiner Fantasie entsprungen, und doch: Es hat mit Dingen zu tun, die mich beschäftigen: »Integration«, »Heimat«, »Wurzeln«, »Fremde«, »Sehnsucht«, »Fernweh«, »Mentalität«, »Sprache« – Begriffe, die mich zum Nachdenken anregen, über die ich mit anderen rede. Es sind keine biografischen Geschichten und doch sind es »wahre« Geschichten. Der Erzähler wechselt in jeder dieser Storys, jedoch ist immer ein Stück der Persönlichkeit des Autors mit dabei.

Was ebenso wenig fehlt, ist immer das Augenzwinkern, mit dem vieles hier geschrieben ist, dem nicht-immer-ernst-Meinen, den Klischees, mit denen gespielt werden soll, die oft nicht als bare Münze genommen werden dürfen. Es gibt weder »die Deutschen« noch »die Griechen«, wir werden alle von so vielen Menschen und Dingen geprägt, aber auch von unserem eigenen Charakter, von unseren Erfahrungen, von unseren Stärken und Schwächen – wir sind alle so verschieden vom anderen, dass wir uns teilweise so fremd vorkommen …

Mäuschen und Kätzchen / Το ποντικάκι και το γατάκι

Ich verschlief das Erdbeben. Am Morgen wachte ich auf und alles stand an einem anderen Platz. Bestürzt schaute ich, sechsjähriger Junge, in die verstörten Gesichter meiner Familie, samt Oma und Opa, die ich in diesem Moment nicht vor mir erwartet hatte. Kurzzeitig hatte ich vergessen, dass ich mich in Griechenland befand. Ich fragte, was denn hier für ein Aufruhr stattfinde. Mein Vater, der selten seine Nerven verlor – im Gegensatz zu meiner Mutter –, zog seine Augenbrauen hoch, wie er das immer tat, wenn er mich aufziehen wollte, und sagte in seinem vermeintlichen Insulaner-Singsang: »Du glaubst, dass jetzt ein Aufruhr herrscht? Dann weißt du nicht, was deine Mutter für einen Aufriss in der Nacht gemacht hat, als sie sich schon im Himmel wähnte, und mich dafür verfluchte, dass ich aus diesem Höhlenloch komme.« Irritiert fragte ich nach: »Höhle oder Hölle?« Er erwiderte: »Höhle natürlich. Sie glaubt wie die alten Griechen, dass Erdbeben aus Höhlen ausbrechen.« Er schüttelte sich dabei wie ein großer, dicker, lachender Bär und meine wütende Bären-Mutter schnaubte verächtlich: »Ach ja, ICH glaube. Ich bin Christin und glaube nicht an so einen Kokolores wie deine Leute. DIE denken doch, dass sie das auf Poseidon zurückführen können.« Mein Vater, der sich von solchen Kommentaren nicht beeindrucken ließ, lachte nur noch beherzter. Es war ein alter Streit zwischen ihnen, vielleicht etwas, das üblich war zwischen Insulaner- und Festland-Griechen, ich wusste es damals nicht und bis heute ist dies so geblieben. Während man den Insulanern aus der Ägäis ein frohes Gemüt nachsagte, dichtete man den Menschen aus Epirus immer eine Schwermut an. Dies konnte ich nicht beurteilen, die meiste Zeit meines Lebens verbrachte ich in Deutschland, und bereits da fiel es mir schwer, den badischen Dialekt zu verstehen, und noch mehr die ganzen Vorurteile und Klischees über Badener, Schwaben und Pfälzer nachzuvollziehen oder gar auseinanderzuhalten. Ich verschlief Erdbeben und alles, was mit dem Bewerten anderer Menschen zu tun hatte. Es ging mir auf die Nerven, wenn mich jemand fragte »Bist du Deutscher oder Grieche?«. Es ging mir auf die Nerven, wenn jemand wissen wollte, wie es denn sei, in zwei Kulturen zu leben, während ich mich irritiert fragte, welche beiden Kulturen gemeint sein könnten. Mir reichte es schon an Aufgabe, meine

Eltern davor zu bewahren, sich tatsächlich an die Gurgel zu gehen, wie sie es verbal ständig taten, wie zwei Hähne, die ihr Revier markieren wollen, wie zwei Bullentiere, die ihre Hörner aneinander stoßen, oder wie Katz und Maus, wenn es gut lief.

Ich verschlief als Kind die Kirchgänge im Dorf, als wir in Griechenland im Urlaub waren. Etwas, das mich noch heute in meiner Meinung bestärkt, dass all die sonstigen Bemühungen meiner Mutter, aus mir einen guten Christen zu machen, zum Scheitern verurteilt waren, weil mein Fleisch noch mehr als mein Geist gegen solch eine religiöse Vergeistigung wetteiferte; sie bekam mich einfach nicht wach. Ich saß am stark lädierten Holztisch meiner Oma, die schon in meiner Kindheit halbblind war, ließ mir »Berg-Tee« machen, der den botanischen Namen Sideritis Tesan Flomis Cladestina trägt, wie ich allerdings erst sehr viel später – in meinem Erwachsenenleben, als ich nicht mehr nach Griechenland reiste – in Erfahrung brachte, und der nah verwandt mit dem Salbei ist. Dazu gab es schwarze Oliven und Weißbrot. Eine merkwürdige Mischung vielleicht, aber ich kam mir dabei immer so weise vor, vielleicht weil mein Opa seit fünfzig Jahren auf diese Frühstücksmischung schwor. Etwas übrigens, was meine Oma nicht so gut fand, denn sie wollte, dass ich in den wenigen Tagen, in denen ich in ihrer Nähe war, ihren selbst gemachten Käse und Joghurt essen sollte, doch, wie in vielen Alltagsdingen, konnte sie sich nicht gegen die stoische und rechthaberische Ruhe meines Opas durchsetzen. Was er sagte, befolgte sie wie ein Gesetz, da gab es nichts zu rütteln. Berühmt wurde in unserer Familie ihr Disput, wie viele Stunden der Joghurt in warme Decken eingewickelt werden müsste. Meine Eltern, die dem wohl in nichts nachstehen wollten, spielten diesen Streit regelmäßig in Deutschland nach, wenn sie auf die irrsinnige Idee kamen, Joghurt selbst herzustellen. Oma und Opa hatten ihr ganzes Leben in diesem Ort gelebt und nie etwas anderes gesehen. In ihrer Welt gab es das Wort Scheidung nicht, selbst als ihre Kinder ihnen von ihren ersten Trennungen erzählten, wollten sie das nicht wahrhaben, ignorierten es, vor allem mein Opa, der kein Problem damit zu haben schien, dass meine Tante, die vorher einen dunkelblonden grünäugigen Mann gehabt hatte, nach ihrer Scheidung einen braunhaarigen Braunäugigen mit nach Hause brachte, den er ebenso Nikos nannte wie den Mann davor, es war ihm einerlei, Wasilikis Mann war eben der Nikos. Ich beobachtete meine Oma jeden Morgen bei ihren Handgriffen, die sie in Zeitlupe ausführte, was mich total faszinierte, weil ich immer dachte, ich schliefe dabei ein, wenn ich sie selbst in diesem Tempo durchführte, die aber vor allem jeden Tag die gleichen zu sein schienen. Ich war ein Kind, ich versuchte, jeden Tag alles anders zu machen, eine andere Hand zu nehmen, den Finger anders zu halten, die Geschwindigkeit zu ändern, irgendetwas. Ihre Falten faszinierten mich, diese Falten, die davon zeugten, dass sie sich vermutlich ein um das andere Mal in den Schlaf geweint, vielleicht auch in der Küche eingeschlossen hatte, damit es keiner sah. Geweint, weil ihr Mann, mein Opa, sie einmal mehr zurechtgewiesen hat, geweint, weil ihr ältester Sohn nach Deutschland geflüchtet war, geflüchtet vor diesen ärmlichen und unglückseligen Verhältnissen.

Ich verschlief den qualvollen Tod meiner Oma. Das war sehr viel später. Jahrelang hatte ich mich geweigert, nach Griechenland mitzugehen; nun, in meinen Teenie-Jahren, sei ich ja wohl alt genug, um mit meinen Freunden zu verreisen. Man beschrieb mir diesen langsamen Tod der Großmutter kaum verständlich, ich ging davon aus, dass sie niemals schlief oder immer schlief, denn das Bild, das mir vermittelt wurde, war das Folgende: Sie sitzt in einem Schaukelstuhl, vor sich hinstarrend, nimmt nichts wahr, starrt an die Decke vielleicht, vielleicht auch an die Wand, nimmt aber ihre Kinder und Enkel nicht mehr wahr, regt sich nicht, zuckt nicht einmal mit ihren Augenlidern, starrt nur. Als Kind hatte ich ihre Agilität, ihre Kondition bewundert, ich konnte mir kaum vorstellen, wie sie untätig irgendwo saß. Mein Opa kümmerte sich nicht um sie, im Gegenteil: Er war bösartig wie eh und je zu ihr. Er höhnte: »Die war doch in ihrem ganzen Leben so, keinen Muckser gab sie von sich, nie hat sie sich gegen mich durchgesetzt, nie!« Meine Mutter war dann immer nahe dran, ihm nicht nur eine Ohrfeige zu geben, sagte sie, sondern eine für jedes verdammte Jahr, welches meine Oma mit diesem A... verbringen musste. So erzählte sie mir davon, und nur mein Vater habe sie regelmäßig daran gehindert, nicht etwa der Respekt vor dem Alter, auf den sie in so einem Fall pfiff, »Aber nicht so dein Vater«, lästerte sie, »da ist er plötzlich Christ und proklamiert irgendwelche Bibel-Psalmen, die das Alter ehren.« Ich hörte gar nicht richtig zu, vielmehr war ich damals mit mir beschäftigt, mit meinem Ziel, mich von der Familie, von der Geschichte abzunabeln, von diesen Mythen, die mein ganzes Leben nicht nur zu füllen, sondern zu überfüllen drohten. Eine Zeit lang hatte ich diese ganzen Anekdoten, Welt-Erklärungen, Entschuldigungen und Sehnsüchte einfach satt. Diese Sätze, die mit »Dein Opa musste noch ...« oder »Dein Vater kam her,

um den Entbehrungen zu …« begannen, ich konnte, ich wollte sie nicht mehr
hören, sie gingen mich nichts mehr an. Auch die Erläuterungen meiner Mutter
in ihren schlechten Momenten, als sie schon zu viel getrunken hatte, dass sie
nur wegen mir und meiner Geschwister noch mit meinem Vater zusammen sei,
sonst hätte sie … Das interessierte mich nicht, alles nicht. »Trenn dich doch
von ihm!«, schrie ich ihr entgegen. »Mach doch, was du willst!« Und sie
brüllte mich an: »Ja, genauso wie du, dein ganzes Leben lang schon, nie hat
dich etwas außerhalb deiner Person interessiert!« Vermutlich hatte sie recht
damit, doch mir war das gleich.

Ich verschlief meine erste Beziehung mit einer Frau. Bevor ich realisiert
hatte, dass das etwas Festes sein sollte, führte sie mit mir schon das
Beziehungsende-Gespräch, wie sie es nannte. Viel zu sehr von den
Beziehungen verstört, die mir vorgelebt wurden, hatte ich nicht gemerkt, dass
wir eine führten: Zu wenig Streit gab es da, zu wenig Kabbelei, zu viel
Harmonie, zu viel Geknutsche, zu viel lächeln, lachen, sich freuen. Wir lernten
uns mehr durch Zufall kennen: Wir waren beide auf eine Party eingeladen und
liefen uns über den Weg, als wir das Haus suchten, das, was wir nicht wussten,
im Hinterhof zu finden war. Sie, die blonde, blauäugige Hamburgerin, mit
ihrer aristokratischen Sprechweise, ich, der mit seinem dunklen Teint im
Sommer, mit seinen dunklen Augen und Haaren, mit seiner leicht
schnodderigen Art zu reden, wir, die am Ende der Party auf einer Couch lagen
und knutschten, stundenlang. Tagelang überlegte ich nach unserer Trennung,
ob meine Eltern oder Großeltern solche Momente wohl erlebt hatten. Und ich
begann mich nach ihr, der hellen Schönheit Nike, mit ihrem griechischen
Namen, zu sehnen, so wie sich meine Eltern nach ihrer vermeintlichen Heimat,
ihren Geburtsorten gesehnt hatten, jahrelang, jahrzehntelang, bis sie mir
hoffnungslos verkündeten, dass sie nun in Deutschland begraben werden, von
ihren Enkelkindern, meinen Nichten und Neffen, diesen Deutschen, so wie wir
alle zu Deutschen geworden sind. Nike und ich trafen uns wochenlang im Park
und picknickten, in alternativen Tee-Läden, in denen wir »Berg-Tee« aus
Griechenland tranken, den sie besonders mochte und was mich besonders zum
Schmunzeln brachte, auf Partys von Freunden, die alle »so cool« und »so
anders« waren, und außer Küssen und Schmusen lief nichts zwischen uns,
wochenlang. Wahrscheinlich war dies der Grund, wieso ich mich nicht
gebunden fühlte, im Gegensatz zu ihr. Doch ich fragte mich, ob sie nicht das
Bedürfnis hatte weiterzugehen, wenn ich sie am Hals zärtlich küsste, dann mit

meinem Mund weiter Richtung Ausschnitt hauchte und meine Zunge zum Liebkosen einsetzte. Umgekehrt konnte ich kaum an mich halten, wenn sie das bei mir tat, ständig war ich kurz davor, mich zu vergessen und ihr ihre Kleider vom Leib zu reißen, selbst wenn Leute um uns herum saßen. Doch sie wehrte das alles ab. Ich wollte sie Kätzchen nennen, so wie mein Vater in guten Momenten *gataki* zu meiner Mutter sagte, doch sie ohrfeigte mich für diesen Wunsch, leicht zwar, und auch nur einmalig, aber unmissverständlich. »Sicherlich möchtest du nicht Mäuschen genannt werden von mir, mein Freund!«, erwiderte sie, und ich dachte, wenn es gut läuft, wird mein Vater *pontikaki* von meiner Mutter genannt. Am liebsten beobachtete ich Nike, wenn sie mit anderen sprach, wie sie ihre Augen leicht zukniff, wenn sie konzentriert zuhörte, wie sie verständnisvoll nickte, wenn ihr Gegenüber ein Feedback erwartete, immer mit einem leichten Augenzucken, das man fast als Tick bezeichnen könnte, aber nur fast. Ich mochte auch, wie sie beim Ratgeben nervös an ihrem Ausschnitt nestelte, immer mit der Angst, vielleicht etwas Falsches zu sagen, das dann zu einer falschen Handlung führen könnte, sie, die immer Stellung bezog. Níki sprach ich ihren Namen aus, griechisch, ich, der das Griechische gerade ganz aus sich tilgen wollte, der, der nicht wusste, was »das Griechische« denn überhaupt sein sollte. Nike, meine Nike, die schon nicht mehr meine war, als ich sie die MEINE nennen wollte. Nike, die Siegesgöttin, die von Eltern aufgezogen worden war, die so ganz anders als meine Erzeuger waren, gebildet, mit Studium, akademischem Titel und einem guten, angesehenen Job. Wir blieben Freunde … so sagt man doch ganz klischeehaft nach so einem Versuch einer festen Beziehung, die nicht so recht klappen mag, doch ich versuchte es immer wieder bei ihr, ließ nicht locker.

Ich verschlief meinen eigenen Tod. Ich hörte diesen verdammten Wecker am Morgen nicht, müßig darüber zu urteilen, ob es Schicksal war, wie es Nike behauptete, oder purer Zufall. Zu spät aufgestanden, konnte ich es bei aller Eile nicht rechtzeitig an den Check-Inn schaffen, ich sah das Flugzeug gerade noch abheben, mit Tränen in den Augen, weil mich diese Reise ans Atlasgebirge in Marokko so viel Geld gekostet hatte. Dort wollte ich den Ort finden, an dem sich Nacht und Tag einander begegnen, wo Atlas das Himmelsgewölbe tragen und vor allem der Gott des Schlafes, Hypnos –der laut Hesiod, einem wichtigen griechischen antiken Dichter, der viel über die griechische Mythologie geschrieben hat – wohnen sollte. Hypnos war **dank** Nike, die mich zähneknirschend durch das Studium begleitete, aber immer darauf beharrte, dass sie nur nett sein wolle und ich mir nichts darauf einbilden sollte, der Forschungsgegenstand in meiner Magisterarbeit in Gräzistik. Damals, als ich ihnen meinen Studienwunsch mitteilte, hatten meine Eltern vor Stolz tagelang nicht schlafen können, hatten alle Verwandten angerufen. Sie konnten kaum wissen, dass ich einfach nur in der Nähe von Nike sein wollte, um sie weiter zu bezirzen, so lange, bis sie eingesehen haben würde, dass ich reifer geworden sei, dass ich sie bis an mein Lebensende lieben wollte, im Schlaf – aber vor allem in der wachen Zeit. Ihre Eltern hatten nicht ebensolche Luftsprünge gemacht, doch sie sagte ihnen, wer seiner Tochter den Namen einer Griechischen Gottheit gebe, dürfe sich über solcherlei Konsequenzen nicht wundern. Dieses Interesse für ihren eigenen Namen hatte ihr Lust auf mehr Mythengeschichten gemacht, so viel Lust, dass dies nun ihr Hauptinhalt im Studium werden solle. »Und deine Zukunft?«, riefen ihre Eltern, »Was möchtest du damit später anfangen?« Doch Nike zuckte nur die Schultern und siegte, wie immer, wie bei mir. Anfangs versuchte sie mir ihrerseits diesen Studienwunsch auszureden, ich hatte doch immer »dieses Griechische« verleugnen wollen, brachte sie mir entgegen, wie könne ich nun … und warum, das wäre doch alles nur, weil … Ihretwegen, ja, ihretwegen, sie vermutete natürlich richtig, auch wenn ich ihr das niemals gesagt hätte. Doch ich erwiderte niemals etwas, ich zuckte ebenso mit den Schultern, ich war nicht fähig, ihre Maus zu sein und ihr Paroli zu bieten. Ich meine eine Maus wie in meiner Lieblingscartoon-Serie »Tom und Jerry«, die ich auch als Erwachsener noch schaute. Nein, ich konnte ihr nicht, wie diese Zeichentrickfigur dem Kater Tom, Paroli bieten, ihr, die so klug, so gebildet, so belesen war, die mich mit ihren Worten wie ein Kindergartenkind dastehen lassen konnte. Als ich vom Flughafen zurückkehrte, legte ich mich erneut ins Bett, es war erst sieben Uhr morgens, viel zu früh, um den Tag tatsächlich zu beginnen. So lag ich in meinem Bett aus Ebenholz, wurde von meinem Radio mit den Zehn-Uhr-Nachrichten geweckt. Noch ganz benommen hörte ich die Meldung, dass das Flugzeug, das um halb sechs vom Frankfurter Flughafen in Richtung Marokko geflogen war, abgestürzt sei, alle Insassen und das Flugpersonal vermutlich tot, man habe noch keinen Anhaltspunkt, wie es zu diesem Flugzeugabsturz hatte kommen können. In der nächsten Minute rief mich Nike an. Sie war es, die mich von Hypnos, dem Gott des Schlafes überzeugt und zu dieser Reise gedrängt hatte, schließlich könne ich das ja wohl am besten von allem, schlafen, dann sollte ich mich auch damit beschäftigen.

»Du hast verschlafen!«, schrie sie heraus. »Du hast verschlafen!« »Zufall!«, versuchte ich ihr entgegenzuhalten, doch die nächste halbe Stunde erzählte sie mir von ähnlichen Fällen, Koinzidenzen … Ich sagte ganz ruhig und langgedehnt: »Heiratest du mich?«

Danke / Ευχαριστω

»Vielleicht lächle ich«, sagte sie, »aber das ist Fassade: Wenn du in mein Herz blicken könntest, würdest du schwarzsehen. Es ist so schwarz wie die Lavastrände in Santorini«, fügte sie hinzu. Wie ein Vulkan konnte sie völlig unkontrolliert ausbrechen oder gar explodieren – meine Mutter. Sie war die theatralischste Person, die ich kenne, und ich bin wahrlich kein Eigenbrötler.

Eine typische Gastarbeiterkarriere. In den Sechzigerjahren nach Deutschland eingewandert. Nur für fünf Jahre, so der Plan damals. Ein bisschen Geld in der Fabrik verdienen, die Welt sehen, dann zurückkehren. Sie lernte einen Mann kennen. Aus Epirus. Andere Mentalität, sagt man. Sie ist aus Samos. Insulanerin. Samos: Wie der süße Wein. Dessertwein, leicht gespritet, die Reben vom Meltemi-Wind durchgelüftet.

Oft dachte ich über Zufall und Schicksal nach, als ich jünger war. Wie konnte es sein, dass sich zwei Griechen, aus völlig unterschiedlichen Gegenden, ausgerechnet in Deutschland in einem kleinen Kaff kennenlernten? In ihrer Heimat wären sie sich nie und nimmer begegnet. Aber in der Diaspora. Die Pläne wurden geändert: Sie lernten sich kennen und lieben. Sie noch unerfahrene siebzehn, er bereits Mitte zwanzig, nicht unerfahren, dafür sehr ruhig und gutmütig, sie war bald schwanger. Also erst einmal ein Kind kriegen, aber wenn es im Grundschulalter ist, müssten sie in die Heimat zurückkehren. Sie stritten sich: Nach Epirus ziehen, genauer nach Ioannina, sehr geprägt von den Osmanen, oder auf die wunderschöne Insel Samos, wo einst der berühmte Mathematiker Pythagoras lebte, Pythagorio heißt auch der Ort, aus dem meine Mutter stammt, das Dorf des Pythagoras?

Mein Cousin Nikos sagte: Alles kommt aus Griechenland. Die Philosophie, die Politik, die Kunst, die Musik, die meisten Worte. Wie in diesem Film. My Big Fat Greek Wedding. Ich schaute ihn mit meiner Freundin an. Alles kommt aus Griechenland. Auch die Orange! Die eigentlich aus China stammt, Apfel aus China, deswegen »appelsien«, Apfelsine, von den Niederländern genannt. Viele Running Gags, die allzu bekannt waren, also den Griechen, die im Kino saßen. Und es waren ein paar – meist Paare: Dem Partner oder der Partnerin die eigenen Wurzeln erklären, vielleicht auch den eigenen Bezug zu Griechenland herstellen. Über sich selbst lachen. »Muskacka«: Von den Mitschülern veräppelt werden, wie das Mädchen im Film, das in Tupper-Schüsseln Moussaka, die griechische Leibspeise, in die Schule mitbrachte. Bei mir war es Tsatsiki, wie ich oft genannt wurde, oder Feta, der Schafskäse, und bei besonders guter Laune der anderen: Der Schafzüchter aus Griechenland. Und genauso wie die Großmutter im Film, sagte meine Mutter, als ich als Kind vorschlug von Samos aus mit dem Boot nach Izmir zu fahren, ein Katzensprung nur, fast schon schwimmend erreichbar: »Ich setze keinen Fuß auf türkische Erde!«

Plan B. Das zweite und das dritte Kind folgten sogleich. Dann sollen sie erst einmal die Grundschule beenden, dann aber … nach Griechenland zurück. Es wird Zeit. In die Heimat. Zurückkehren. Es wurde immer weiter nach hinten verschoben. Jetzt noch das Gymnasium. Abitur. Bis die Kinder ihre eigenen Wurzeln geschlagen hatten. In Deutschland. Nicht in Griechenland. Ich möchte nicht unter einem fremden Himmel begraben werden, sagte meine Mutter, mein Vater nickte bedächtig. Doch den Absprung hatten sie nicht geschafft. Die Kinder fingen Ausbildungen an, studierten, selbst das vierte Kind war bald so weit.

Die Kinder, wir, wie sollten wir genannt werden? Deutsche mit griechischen Wurzeln, Deutsch-Griechen, griechische Deutsche? »Lernt Griechisch!«, wurden wir als Kinder getriezt.»Lern' du doch richtig Deutsch, Mama!«, war meine Antwort. »Die Leute verstehen mich«, behauptete sie. Die Menschen aus Baden beherrschen die deutsche Grammatik oftmals ebenso wenig wie meine Mutter. Trotzdem. Die Eltern wurden zermürbt, zu Fall gebracht. Man spricht Deutsch – war dann die Regel zuhause. Die Hoffnung meiner Mutter sank weiter. Niemals wieder in die Heimat. Niemals.

Und dann das! Die ersten Partner der Kinder, etwas Ernstes. Heiraten? Aber doch keine Deutsche! Natürlich eine Deutsche, wir leben doch auch in Deutschland … Der berühmte Satz: »In meinem Herzen ist es schwarz. Ein deutsches Enkelkind.« Deutsch – und trotzdem Freude über den Nachwuchs, Oma-Freuden. Es lernte nie ihre Sprache, sein Spitzname trotz allem »Der Grieche«. Er war noch nie dort. Zum Thema: »Sohnemann« – also ich –, »wann fliegen wir wieder nach Griechenland?« »Ich? Nach Griechenland? Flieg’ doch alleine«, erwiderte ich. Sie weinte. »Im nächsten Jahr«, sagte ich. Sie konnte gut weinen. Leiden. Wenn sie krank war, und das war sie selten, einmal im Jahr für zwei Tage, »Unkraut vergeht nicht«, sagte sie, aber wenn … dann litt sie für fünf Menschen. »Mir ist so Elend«, alle paar Minuten skandierte sie das mit krächzender Stimme, und ich dachte mir: »Wenn mir so elend ist, dann kann ich nicht schwätzen.«

Griechen können gut feiern, heißt es. Mein Vater konnte es. Er starb. Und damit die ohnehin sehr eingeschränkte Feierlaune meiner Mutter. Niedergeschlagenheit. Melancholie. Manchmal Depressionen. Immer öfter Depressionen. Mit dem toten Mann reden. Sich nichts mehr wünschen. Nur eine Kleinigkeit …

Einmal sah ich sie feiern, also so mit Tellerzerdeppern, wie das die Griechen in Filmen tun. Sie stand auf dem Tisch, im Kafenion ihres Bruders, trank Samos-Wein, tanzte, zerschmetterte das Geschirr meines Onkels. »Macht nichts«, sagte er, »das ist es wert.« Das war vor zwanzig Jahren. Vielleicht wäre Alkohol eine Lösung? Sie trank jedoch nichts mehr.

»Schau«, sagte sie, »der Himmel sieht hier ganz anders aus, dieses Blau, dieses helle. Und wie die Luft riecht.« Sie war glücklich. Sie blühte auf. Ich war mit ihr nach Griechenland geflogen, ich hatte es über mich gebracht, was an meinem Plan lag.

Es ist eigenartig, alle haben die grünen Augen meiner Mutter, ich habe als einziger die braunen Augen meines Vaters, ich bin der dunkle Typ, wie er. Meine Mutter bekam leicht Sonnenbrand. Meine Geschwister ebenso. Meine Mutter: Einst gertenschlank, hatte sie noch immer eine gute Figur, ergraut, ungeschminkt – für wen sich schön machen? Einst hatte sie viele Klamotten. Das mit dem Shoppingwahn haben meine Schwestern geerbt, aber … In Sack und Asche laufen. Nichts mehr erwarten vom Leben. Und mich machte diese

Tatsache sehr lange Zeit leiden. »Was sollte das?«, fragte ich mich, deprimierte ich mich. Vielleicht hatte sie keine Depressionen, Unkraut vergeht nicht, aber ich. Früher. Dann änderte sich alles.

Jahrelang fühlte sie sich vernachlässigt. »Keiner möchte mich besuchen«, wehklagte sie. »Oh doch, an Weihnachten und an Ostern«, sagten wir. »Das reicht nicht. Keiner möchte, dass ich ihn besuche.« Sie lag wie auf diesen alten Gemälden, drapiert auf ihrem gemütlichen Sofa, ihre Rückhand leicht an die Stirn gelegt, wie die Klageweiber im antiken Griechenland Schmerz erleidend über all die Verluste, ihren Mann, ihre Heimat, ihre Kinder – wo waren die denn alle hin?

Das schlechte Gewissen plagte mich. Doch ich hielt es auch nicht mit ihr aus. Bereits die wöchentlichen Telefonate terrorisierten mich. Sie konnte nicht zuhören, wusste nicht, was in mir vorging, konnte nicht danach fragen. Meine Freundin erklärte mir, dass in dieser Generation viele Gespräche so noch nicht möglich waren, über Gefühle reden, über den eigenen Zustand reflektieren – anders als heute. Meine Freundin sagte, ich solle mehr Rücksicht auf die Mutter nehmen. »Doch wie?«, fragte ich sie. »Wie?«

Ich blickte in den Himmel. Tatsache, das Licht war anders hier auf Samos, grell, aber es machte gute Laune, es belebte. Ich liebe die Sonne, den Sommer, den Strand und das Meer. Aber ich bevorzuge den Urlaub in anderen Ländern, mit denen ich nicht so viel zu tun habe. Finanzkrise in Griechenland. Immer dazu in Bezug gesetzt werden. Was habe ich damit zu tun? Ich bin immer schon in Deutschland gewesen, habe keinen Monat in Griechenland verbracht, geschweige denn dort gearbeitet, Steuern gezahlt, geschummelt.

Meine Mutter traf das erste Mal seit zehn Jahren wieder ihre Familie, oder die, die davon noch übrig waren, also nicht viele. Einige ihrer Geschwister waren bereits verstorben – auch unter diesem Himmel war es nicht einfacher zu leben. An ihre Eltern hatte sie kaum noch Erinnerungen, so lange war deren Tod schon her. Die Nichten und Neffen ausgewandert, nicht ganz so weit wie meine Mutter, nur nach Athen, aber immerhin, da gab es mal Arbeitsplätze. Jetzt wollen sie ebenfalls nach Deutschland. Lernen die Sprache. Vielleicht kann der Cousin ja helfen …

Ich blicke in den Himmel, keine Wolke zu sehen, es ist früh am Morgen, um sieben Uhr ist noch niemand am Strand. Ganz nah am Wasser liege ich, höre das Geplätscher. Es macht mich ruhig. Vielleicht war ich kein guter Sohn in der Vergangenheit, ihre Ausbrüche in meiner Kindheit taten mir weh, entfremdeten mich von ihr. Ich traute mich nicht mehr etwas zu sagen, wenn doch alles, was wir Kinder taten, in den Augen der überforderten Frau falsch war, ihre Nerven belastete. Sie wollte woanders sein. Schon immer.

Ihr Deutsch war gut. Sie verstand alles, zumindest alles, was sie verstehen wollte – das war ihre Art. DAS jedoch hatte sie angeblich nicht verstanden. DAS, was der Arzt ihr gesagt hatte … Sie wollte nicht darüber reden. Was brachte das alles schon? Es war vorbei. Ich war derjenige, der mitgemusst hatte, da ich der Beauftragte für alle medizinischen Belange in der Familie war …

Ohne Publikum konnte sie nicht gut jammern. Am Telefon, ja, doch wer hörte sie da? Legten wir nicht alle das Telefon eine Zeit lang auf die Seite, um ihr Gejammer nicht anhören zu müssen? Nahmen wir das Gezeter nicht alle wenig ernst? Und als die Schmerzen wohl größer wurden, rief sie nicht mehr an, ging nicht ans Telefon. Bis ich mich überwand, sie besuchen zu gehen. Sie zum Arzt brachte.

Die anderen wussten nichts davon. Ich hatte meine Mutter noch nie so gesehen. In ihrer Seele gab es keinen Flecken mehr, der nicht schwarz wie die Lavastrände auf Santorini war, alles schwarz. Sie hatte keine Kraft mehr, wollte nur noch eines: Den Rest der Familie in ihre Arme schließen. Die anderen kamen nochmals mit Kind und Kegel in unser kleines Kaff, an Ostern, es kostete sie viel Kraft. Die anderen wussten nicht, dass sie sich verabschieden würden, für immer verabschieden, als sie am Ostermontag zur Türe hinausgingen. Sie wunderten sich, wieso die Tränen nicht mehr versiegten, als sie sich zum Abschied umarmten. Sie sollte doch nur nach Griechenland verreisen, bald würden sie sich doch wiedersehen, wie immer, wie all die vergangenen Jahre … Die Kinder reagierten verstört, weinten mit – und hörten wohl erst auf, als sie eine Strecke gefahren und eingeschlafen waren.

Früher fuhren wir mit dem Auto nach Griechenland, zwei bis drei Tage Stress. Mit unserem Vater, der die Konfrontation mit meiner hysterischen Mutter zu meiden suchte, die sich wunderte, wieso wir so wenig im Auto schliefen, uns aber alle paar Minuten für etwas anschrie. Diese Reisen waren eine Tortur und Klimaanlagen damals noch purer Luxus.

Ich liege nun hier, unter diesem Himmel, der mir fremd bleiben wird, der trotzdem schön ist, sehr schön sogar. Ich fühle mich befreit. »Sag mir, war das richtig?« Das rufe ich gen Himmel. Ob er mir eine Antwort gibt? Im Stillen fühle ich es: Danke …

Bevor sie einschlief, wollte sie mich noch einmal drücken. Sie hatte keine Kraft mehr zu reden, sie hob nur ganz leicht den Kopf vom Kissen. Ich umarmte sie, bedacht, sie nicht zu erdrücken. Ganz schwach sagte sie nur ein Wort. »Efcharisto …«

Sie sah friedlich aus. Ich beobachtete sie eine Weile … Auf dem Sessel sitzend nickte ich ebenfalls ein. Als ich wieder aufwachte, ging ihr Puls nicht mehr. Drei Mal überprüfte ich ihn. Nichts. So ging ich an den Strand …

Wer ich bin? Das wurde ich so oft gefragt, dass ich die Antwort vergessen habe.

»Danke«, höre ich den Himmel sagen. Oder ist es eine Stimme in mir? Efcharisto. Danke. Das einzige Wort, das ich noch kenne …

Wahn / Μανία

1. Μακρινή Αγάπη – Ferne Liebe

Andreas liegt im Bett, eingekuschelt in mehrere weiche Kissen und seine Schmusedecke. Wieder und wieder hört er sich dieses melancholische Lied an. »Meine ferne Liebe, den Trennungskuss hättest du mir nie geben dürfen«, singt die griechische Sängerin mit leidenschaftlicher Stimme. »Ach, hättest du ihn nicht mir, sondern jemand anderem gegeben«, denkt er. Der CD-Player ist auf Repeat/Song eingestellt und die Anlage laut aufgedreht. Nichts möchte er mitkriegen, nur in seinem Elend vergehen. Sich in seinem Schmerz winden. Das Lied beginnt mit Tönen der Darabuka, einer griechischen Trommel, dann setzen verschiedene andere orientalische Instrumente ein. Die zärtliche Lyra, die wohltönende Ney, eine harmonische Gitarre, Flöten, und eine Geige, die zwar in Griechenland viel gespielt wird, aber in diesem Fall eher klassisch westlich benutzt wird. Dann fängt Lizeta Kalimera mit ihrem verzehrenden Gesang an und nimmt ihn mit in die Melancholie derjenigen, die der Liebe wegen leiden. Die Jahre ziehen vorüber, und aus den Erinnerungen, die einst ein Freund waren, ist nun ein Feind geworden. Ja, wie Andreas diese Worte verstehen kann. Auch ihn weckt jeden Morgen ein betrübter Traum, der den Durst und die Sehnsucht nach seinem Geliebten symbolisiert. Und jeden Morgen fragt er sich, wie lange das noch so gehen kann. Wann er endlich die Kraft aufbringen wird, dem Trennungsschmerz zu entfliehen.

Die ersten Worte, die ihm jeden Morgen in den Sinn kommen, und die er wie in einer Litanei wiederholt: »Sebastian, ich liebe dich, ich liebe dich, Sebastian, Sebastian, ja, ich liebe dich.« Jeden Tag, in jeder Woche, in jedem Monat, seit Jahren schon. Sebastian ist nicht mehr in seinem Leben: Sebastian hatte sich davon gemacht, sich zunächst von ihm getrennt, später einen neuen Mann kennengelernt, diesen vor einem Jahr geheiratet. Doch Andreas kann Sebastian nicht aus seinen Gedanken tilgen. Noch immer spukt er in seinem Kopf herum. Vor dem Schlafengehen sieht er ihn vor sich, sehnt sich nach ihm, nach seinen Berührungen, seinen Worten, seinen Späßen. Morgens wacht er auf, schlurft ins Bad und spricht dieses Mantra »Ich liebe dich, ich liebe dich, ich liebe dich, ...« vor sich hin. Warum kann er sich nicht von ihm lösen? Warum bekommt er ihn nicht aus dem Sinn? Und das, obwohl er tausend Gründe weiß, wieso Sebastian nicht gut für ihn war. In jedem Gespräch, das er mit anderen führt, verflucht er ihn, spricht schlecht von ihm, spricht die Wahrheit, erinnert sich an die Demütigungen, die schlimmen Momente. Und doch: »Sebastian, ich liebe dich, ich liebe dich, Sebastian.«

2. Haltet die Welt an

»Es fehlt ein Stück«, denkt er sich, »Ja, genau das trifft es.« Die Welt dreht sich weiter, was er nicht verstehen kann, wie kann sie sich weiterdrehen, wenn etwas fehlt. Haltet die Welt an. Ohne Sebastian fehlt etwas. Da ist niemand, der die Lücke schließen kann. Niemand. Andreas hat viele Leute kennengelernt, viele Jungs, die gerne mit ihm zusammen gewesen wären, doch er interessierte sich für niemanden. Er verglich sie alle mit Sebastian und sie verloren diesen unfairen Kampf. Wartet er auf dessen Zwillingsbruder, den es gar nicht gibt? Hofft er, dass Sebastian nach all diesen Jahren doch noch erkennt, dass Andreas sein Traummann ist, dass Sebastian sich von seinem Mann trennt?

Dieser Frust lähmte Andreas, er ließ ihn zuhause sitzen, schmollen, in Untätigkeit und Ambitionslosigkeit versinken, seine Ausbildung schleifen lassen, seine Ambitionen einschlafen. Er hatte keine Kraft mehr, keinen Willen. Es schmerzte ihn einfach, es schmerzte ihn. Bis alles zu viel wurde. Wenn er sich gelegentlich auf Dates einließ, dann verfluchte er sein Gegenüber, sagte sich: »Das hätte Sebastian verstanden, den Film hätte er gemocht, die Situation hätte er lustig gefunden, diese Tätigkeit hätte ihm Spaß gemacht.« Oft überlegte sich Andreas: Hm, das Buch muss ich ihm empfehlen, dieser Film gefiele ihm sicher, diese Musik muss ich ihm schicken. Er bekam ihn nicht aus dem Kopf. Seine Freunde versuchten alles, um ihm diesen Mist auszutreiben, diese dummen, sinnlosen Gedanken, doch er redete ihnen nach dem Wort, und wenn er allein war, dachte er weinerlich an die schönen Momente der Beziehung, nicht die mindestens zwölf Trennungen, die ganzen Querelen, die unnötigen Streitigkeiten. Er verstand das Ganze nicht. Wieso vermisste er ihn denn so? Was hielt seine Gedanken bei Sebastian? Sie waren doch so verschieden und ihre Ansichten teilweise so weit voneinander entfernt. Und dann war alles zu viel …

»Sebastian hat so viele Dinge nicht verstanden«, denkt Andreas, eingekuschelt in seine weichen Kissen und die Schmusedecke – »So viele Dinge.« Ein Mensch ist in viele unterschiedliche Welten aufgeteilt, in denen er lebt. Manche davon überlappen mit denen anderer Menschen, manche eben nicht. Andreas lebte unter anderem in dieser einen Welt, die da heißt: Eltern sind als Gastarbeiter aus Griechenland nach Deutschland gekommen; so wurde er erzogen, die Traditionen, Verhaltensmuster, Konventionen, die Kultur, die Musik, das Essen. Anderen Jugendlichen, die aus dieser Region der Welt kamen, aus Kroatien etwa, Bulgarien oder der Türkei, musste er vieles nicht erklären, wenn er von »zuhause« sprach. Sebastian hingegen konnte selten folgen. Aber das war gar nicht das Wichtige daran. Das eigentlich Wesentliche daran war, dass ihn etwas mit diesen Jugendlichen verband, etwas, das man nicht sah, aber fühlte, eine Gemeinsamkeit, die er mit den »Deutschen« nicht teilen konnte. Das heißt ja nicht, dass Andreas ausschließlich als »Mensch mit Migrationshintergrund« gesehen werden wollte. Er ist vieles andere auch, aber unter anderem eben auch Deutscher mit griechischen Wurzeln, die nicht unter den Teppich gekehrt werden wollen.

3. Μακριά – Ferne

Andreas ist der Ansicht, dass viele Dinge, die andere Menschen als »verschiedene Interessen« markieren, Sinnbilder für eine bestimmte Haltung zum Leben sind. Die griechische Musik, die er anhört, dient ihm als Beispiel. Man könnte es als Marotte ansehen, als etwas, das einfach andere Interessen anzeigt, doch er glaubt, dass es mit seinem Charakter zu tun hat. Wenn er, aus einer Prägung heraus, ausschließlich griechische Lieder mögen würde, ja, dann könnte man das behaupten, doch er hört auch türkische, arabische, kroatische, rumänische, spanische Lieder. Nein, er glaubt, dass er einfach einen Drang hat, einen weiten Horizont zu erlangen, eine Weite. Ihm gefällt eine große Bandbreite an Musik, aus jeder Sparte hört er gerne Lieder, interessiert sich für alles, was es da gibt, freut sich immer über Empfehlungen. Sebastian hingegen verlachte ihn oft, fand die Musik lustig, drehte an den Knöpfen, um etwas anderes anhören zu können. Andreas mag auch deutsche Musik, und damit meint er nicht die Sportfreunde Stiller, Silbermond und Wir sind Helden, er ist der größte Fan von Clueso, er mag Roland Kaiser, schätzt Ruben Cossani und

Bosse, hört Lieder von Xavier Naidoo und 2Raumwohnung. Er hat keine Vorbehalte. Wer kann das noch von sich behaupten?

Wie oft schickte Andreas noch bis vor Kurzem Nachrichten an Sebastian, wenn er etwas Spannendes entdeckte, beispielsweise ein neues schönes Lied, einen guten Film, ein lesenswertes Buch. Doch nur selten kam etwas von Sebastian, sporadisch, alle paar Monate vielleicht, Bruchstücke aus Running Gags ihrer gemeinsamen Zeit. Andreas wurde rührselig, melancholisch, und dann sehr traurig, sehr, sehr traurig, deprimiert, gelähmt. Das Herz von Sebastian hat sich irgendwann vor langer Zeit entfernt, ihn verlassen, ihn und seine Gedanken. Sebastian hat sich weit entfernt, und lässt sich nicht mehr zurückholen.

Dieser Sebastian, der nicht gerne auf Partys von Andreas' Freunden mitgekommen ist, der Sebastian, dessen Freunde ebenso distanziert und fast schon kaltherzig waren wie er selbst, die einen nicht herzlich aufnahmen, so wie das Andreas' Freunde taten. Sebastian, der nicht seine Beziehung an erster Stelle sah, sondern sein Studium. Sebastian, der mit seinen Problemen stets selbst fertig werden wollte, nicht wie Andreas, der dann seinen Freund dafür brauchte. Andreas, der in den Arm genommen werden wollte, wenn es ihm nicht gut ging. Sebastian, der alleine sein wollte. Dieser Sebastian, der Erfolg anstrebte, Ehrgeiz hatte, Sebastian, der nach Oberflächlichkeiten ging. Andreas, der am Zeitschriftenstand an der »Psychologie heute« kleben blieb, fasziniert die neuesten Erkenntnisse über die menschliche Psyche aufsog und sie mitteilen wollte, Sebastian, der gleichzeitig eine Modezeitschrift anschaute und ausrief: »Oh, die Jacke von Brad Pitt ist ja schön.« Sie lachten darüber, aber es versinnbildlichte die Einstellung zur Welt. Nicht, dass Andreas schöne Klamotten oder Menschen verabscheute, im Gegenteil, darum ging es nicht, aber es war eben nur ein Teil von ihm, ein Teil, der nur gelegentlich zum Vorschein kam. Andreas, den es nicht kümmerte, ob er mit einem Hausanzug zum Lebensmittel einkaufen ging oder mit zerzausten Haaren. Natürlich stylte er sich manchmal auch: Wenn er mit Sebastian ausging, sich mit anderen Freunden traf, wenn es der Anlass verlangte, und wenn er die Zeit dafür hatte.

4. Too Fake

Look out!

Cause I'm just too fake for the world

I know it's just a game to me

I'm just too fake you see

I wish I didn't have to be but watch out

I got too much soul for the world

It's breaking my heart in two

I got too much soul for you

I don't like it but it's true

(Liedtext »Too Fake« von der Band Hockey)

Wann war der Moment für Andreas, an dem man sagen konnte, dass alles zu viel geworden war? Als er nicht mehr aus dem Haus gegangen ist? Als er seinen Hundertseitenbrief an Sebastian begann? Als er nicht mehr die Türe öffnete, sogar das Telefon ignorierte? Oder erst, als er seinen Kopf an die Wand schmettern wollte? Oder als er sich ausmalte, sich umzubringen, und auf die Idee kam, dass es sowieso niemanden interessieren würde, am wenigsten Sebastian? Vielleicht aber auch schon viel früher, als er seiner Mutter erklärte, dass Sebastian mit ihm Schluss gemacht hatte und er das nicht verwinden könnte, und sie dann sagte: »Ach, ist doch gut, jetzt such' dir endlich eine Frau und heirate!«

Andreas war der sensibelste Mensch, den er selbst kannte. Bereits als Kind hatte er diese Fühler, diese Fühler für negative Stimmungen um ihn herum. Er sog jegliche Spannung auf, erlebte sie ungefiltert mit und sein Kopf zerbarst dann fast daran. Er sammelte schlimme Gefühle, traurige Geschichten, weinende Gesichter. Niemals konnte er sich davon abgrenzen. Mit zwölf wollte er Pfarrer werden, aber nicht sein Glauben war der ausschlaggebende Grund, sondern ein Bekannter seiner Familie, der keine Beine mehr hatte, in der Kirche in der ersten Reihe saß, der Andreas als der gläubigste Mensch auf Erden schien.

Sebastian war oft genervt von Andreas' negativer Art, den Depressionen, der üblen Laune, der Gleichgültigkeit, wenn Sebastian etwas erleben wollte. Andreas wiederum wollte sich anlehnen, kurze Zeit Geborgenheit fühlen, Glückshormone durch seinen Körper schießen lassen, bevor er wieder vom Elend der Welt erdrückt würde.

Andreas versuchte alles, engagierte sich in verschiedenen Gruppen, die allesamt die Welt von ihren Problemen erlösen wollten, doch auch diese enttäuschten ihn, denn jeder war insgeheim nur an seinem eigenen Weiterkommen interessiert. Außerdem hatten die anderen nicht Andreas' Tempo, wenn er etwas verändern wollte, sie bremsten ihn. Das frustrierte ihn, stürzte ihn in die Tiefe. Und dann kamen wieder die Gedanken in Sebastian hoch, weil er sich einfach nur noch halb fühlte. Ach, es war alles so sinnlos, dachte er sich dann allzu häufig. Das Elend der Welt wurde immer größer, weil keiner wirklich etwas dagegen machte. Und er dachte ständig an Sebastian. An Sebastian, dem es früher egal war, ob sich schwule Männer verheiraten dürfen oder nicht: Er wolle schließlich nicht heiraten. Ironie des Schicksals, dass er seinen iranischen Freund heiraten musste, damit dieser in Deutschland bleiben konnte.

Andreas musste kämpfen, um alles und jeden. Und sich dann anhören, dass er weich sei, viel zu schnell beleidigt und überhaupt. Aber hatten die mit all den Problemen zu kämpfen, die er hatte? Mit einer Familie, die nicht nur den normalen Wahnsinn pflegte, sondern aus Losern und Leichen bestand, sich selbst auf die eine oder andere Weise ausmerzte? Eine Familie, in der ein Onkel, der sich aus Kummer über die Trennung von seiner Frau mit Rattengift selbst umbringt, eine Legende ist – in der allerdings ein schwuler Sohn als krank und abnormal angesehen wird?

5. Kara Yazı – Schwarzer Text

alnima yazdigin öyle yazi ki

silmeye gücüm yetmiyor tanrim

verdigin sevda öyle sevda ki

çekmeye gücüm yetmiyor tanrim

(Liedtext »Kara Yazı« von der Sängerin Gülay)

etwa: Gott, das Schicksal wurde auf meiner Stirn so kräftig geschrieben, sodass ich es nicht verwischen kann. Die Liebe, die du mir gegeben hast, ist so stark, dass ich es nicht ziehen kann beziehungsweise meine Kraft es nicht aushält.

Ohne Musik würde er in der Psychiatrie verrückt werden. Nur fragt er sich, wann diese Gedanken an Sebastian endlich aufhören, wann er endlich dieses Dunkle verlieren wird. Wahrscheinlich niemals. Die Ärzte versuchen alles, doch Andreas ist hartnäckig trotz täglicher Gesprächs- und Medikamententherapie. Er hat begonnen zu schreiben. Und er hört Musik. Musik. Musik. Manchmal stundenlang die gleichen fünf Lieder, bis er anfängt zu weinen, und erst wieder aufhört, wenn er sich gut fühlt. Und das trotz Medikamente, die dafür sorgen sollen, dass solche Ausraster, Zusammenbrüche unterdrückt werden. Vielleicht nimmt er sie das eine oder andere Mal nicht, er weiß es selbst nicht. Er ist achtlos. Und was soll die Gesprächstherapie? Er wusste immer schon, was er in welchen Momenten sagen sollte oder musste. Das bringt ihm doch nichts. Er möchte einfach nur sein Gedächtnis verlieren, oder einen bestimmten Teil davon zumindest, den Teil, in dem Sebastian verankert ist, so wie in dem Film *The Eternal Sunshine of a Spotless Mind*. Einfach so. Sebastian aus den Gedanken tilgen, vielleicht noch seine Familie. Und dann fortgehen.

Jesus ist vom Kreuz gefallen / Ο Γησούς Χριστός κάτω από το σταυρό

In der Schule saßen wir nur im Religionsunterricht nebeneinander. Ich beneidete ihn um sein Wissen. Fand ihn faszinierend. In der Grundschule hatte er den katholischen Religionsunterricht besucht, im Gymnasium lange Zeit zunächst einmal gar keinen, ab der zehnten Klasse entschied er sich für die evangelische Religion. Er konnte ja frei wählen, er ist ein griechisch-orthodoxer Christ.

Er hatte immer schon eine eins in diesem Schulfach, und auch in der Oberstufe verblüffte er mich immer wieder mit seinen speziellen Kenntnissen, zu manchen Themen wusste er mehr zu sagen als unser Lehrer. Das lag wohl an seiner Belesenheit. Er tat wohl nichts anderes als den ganzen Tag zu lesen. Ansonsten sah ich ihn außerhalb der Schule recht selten. Ein merkwürdiger, stiller, ernster Typ.

Eines Tages überraschte er mich mit einer Einladung. Er sagte: »Tobias, hast du Lust, mich heute Nachmittag zu besuchen?«

Ich freute mich über diese Einladung, erwiderte enthusiastisch: »Sehr gerne sogar, Aris. Wann soll ich denn kommen?«

Wir hatten sehr viel Spaß an diesem Nachmittag. Wir hörten uns griechische, jüdische, arabische und türkische Musik an, die er mir unbedingt vorstellen musste. Er zeigte mir Bücher, die er besonders gerne gelesen hatte. Er las mir sogar eigene Texte vor. Er beeindruckte mich, interessierte mich. Ich fragte mich, »Warum schenkt er mir diese schöne Zeit? Warum gibt er scheinbar nur mir so viel von sich preis?«

Ich versuchte, es ihm zu vergelten, lud ihn zu mir nach Hause ein, spielte ihm meine Musik vor, zeigte ihm meine Lieblingsbücher und ich ließ ihn sogar einen Blick auf meine Zeichnungen werfen, die sonst niemand sehen durfte. Wir freundeten uns an. Ich wollte ihm ebenso meine Freunde vorstellen, traf mich mit ihm in der Stadt.

Eine Zeit lang fiel mir aber schon auf, dass er im Religionsunterricht an Kopfschmerzen litt, und auch in der Freizeit verlor er meistens nach kurzer

Zeit die Lust und ging oft früh nach Hause. Als er in einer Woche zwei Mal hintereinander im Unterricht nicht anwesend war und am Telefon sehr müde und unmotiviert klang, besuchte ich ihn spontan zu Hause. Aris freute sich unheimlich. Wir saßen in seinem Zimmer, seine Mutter brachte uns etwas zu trinken und zu essen. Ich bedankte mich bei ihr. Sie sagte: »Tobias, kannst du das verstehen? Er hat immer diese Kopfschmerzen! Wir waren schon bei drei Ärzten und die finden nichts, der eine sagt dies, der andere das. Er kriegt Medikamente, die nichts bringen, mal wird es für kurze Zeit besser, dann wieder schlechter …«

Und so redete sie noch eine Weile weiter, irgendetwas von Griechenland, Wunderquellen, Heiligen und sonst was. Ich hörte nicht mehr hin. Ich schaute mich in Aris' Zimmer um, richtete meinen Blick auf eine Art Lampe. Es war ein Kasten, in dem sich eine silbrige Ikone von Jesus beim Abendmahl nebst einer Jesus-Figur am Kreuz befand. Die Figur war allerdings vom Kreuz gefallen.

»Frau Ladopoulos, ist ihnen schon aufgefallen, dass Jesus vom Kreuz gefallen ist?«

»Och, Amann!«, schrie sie. »To kantili!«

»Was?« fragte ich.

»Diese Lampe heißt Kantili. Ich muss sofort meinen Mann rufen, der muss sie reparieren. Das bringt Unglück. Schnell, schnell!«

Einige Tage später kam Aris das erste Mal wieder in die Schule, setzte sich in den Religionsunterricht entspannt neben mich.

»Geht's dir gut?«, fragte ich.

»Ja, super. Dank dir!«

»Wie bitte?«

»Du hast bemerkt, dass Jesus vom Kreuz gefallen war. Als das Kantili repariert war, ging es mir wieder gut.«

»Tatsächlich? Glaubst du, da gibt es einen Zusammenhang? Ich weiß ja nicht.«

Er machte ein überzeugtes Gesicht.

»Glaube ist das Wichtigste im Leben. Und ein Jesus, der vom Kreuz gefallen ist, bringt Unglück. Es muss alles seine Richtigkeit haben. Wie gesagt: Danke noch einmal. Du bist mein bester Freund.«

Ich war perplex. In diesem Moment schnauzte uns der Lehrer an: »Könntet ihr mal das Schwatzen aufhören?! Ihr müsst in der Arbeit die Evangelien vergleichen können, zum Beispiel wie die einzelnen Evangelisten die Kreuzigung beschrieben haben. Also, hört zu!«

Später fragte ich noch einmal nach: »Glaubst du wirklich dran?«

»Ja, natürlich.«

»Und welchen Zweck hat das Kantili?«

»Es brennt an jedem Sonn- und Feiertag. Du kennst doch die Osterkerze in katholischen Kirchen. So ist das bei uns auch. Ewiges Licht. Ein Symbol dafür, dass immer jemand über uns wacht, uns Licht bringt.«

Der Klarinettist Charalambos / Ο κλαρινίστας Χαράλαμπος

Das erste Mal traf ich ihn, als er noch jung war, vielleicht gerade einmal zwanzig, ein grüner Junge, der noch nichts vom Leben wusste. Nach Jahren schwerer Arbeit auf dem Feld – er war gezwungen, nach der sechsjährigen Volksschule seinem tyrannischen Vater zu helfen –, beschloss er nunmehr das bisschen Geld, das er zum Leben brauchte, mit Musizieren zu verdienen: Er traf eine Gruppe, die noch einen Klarinettisten benötigte. Mit ihnen zog er durch die felsige Gegend von Epirus, dessen Hauptstadt Ioannina ist, in Dörfer namens Dodonis und Eleftherohorio. Sie spielten vorwiegend auf Hochzeiten und bei größeren Namenstagsfeiern, verbreiteten gute Stimmung unter den Anwesenden und kamen so über die Runden. Für Charalambos bedeutete es Entspannung nach den entbehrungsreichen Jahren auf dem Acker. Ich unterhielt mich mit ihm, als er bei der Hochzeit meiner Schwester spielte, und wir verstanden uns auf Anhieb sehr gut.

Das zweite Mal traf ich ihn etwa fünf Jahre später, wieder auf einer Hochzeit, diesmal auf der meines Bruders. Ich lauschte der wunderschönen Musik aus Epirus, deren Musik manchmal etwas schwermütig und melancholisch erscheint, die aber für die Menschen, die sich in sie hineinfühlen können, die schönste auf der ganzen Welt ist. In seiner Pause unterhielt ich mich erneut mit ihm. Er erzählte mir von der Mystik des Musizierens: »Du stehst auf der Bühne und spielst, du bist in deiner eigenen Welt, in der es keinen Raum und keine Zeit gibt, du kannst nur noch das aufnehmen, was in deine Welt gerät. Zuhörer zum Beispiel, die in deinen Bann geraten und dir in deine Welt folgen. Das ist das wunderbarste Gefühl: Zu merken, dass man jemanden erreicht hat, und wenn es nur ein Einziger ist, schon allein das genügt, um ein erhabenes Gefühl zu bekommen. Genau das treibt dich immer weiter, lässt deine Klarinette nie verstummen.«

Man sagte damals, dass Charalambos der beste Klarinettist in Epirus sei, niemand konnte diesem Instrument solch wunderschöne Töne abringen wie er, er war ein großer Künstler mit einer sehr tiefen, sensiblen Seele.

Einige Jahre später war ich bei der Hochzeit des Sohnes meines Chefs eingeladen, wieder spielte Charalambos, die Leute bewegten sich nicht zur Musik, nahmen sie nur im Hintergrund wahr. Sie redeten über Börsenkurse und niemand wollte freiwillig tanzen. Nur das Brautpaar konnte man zu dem traditionellen Tanz zwingen. Diesmal ergab sich kein Gespräch mit dem Künstler, der sich mit einem zerknirschten Gesicht recht frühzeitig auf den Weg gemacht hatte, als ob es ihm auf diesem Fest nicht behagt hatte.

Viele Jahre hörte und sah ich ihn nicht mehr, ein Freund sagte mir, Charalambos' Klarinette sei verstummt. Das machte mich ein bisschen traurig, ich hätte ihm gerne geholfen, doch ich konnte ihn nirgends auffinden.

Eines Tages wanderte ich in den Bergen hinter dem Eleftherohori – eine herrliche Gegend. Ich lief an einem Bach entlang, ergötzte mich an dieser reinen, unberührten Schönheit, als ich einen Angler vor mir sah, der mir sehr bekannt vorkam. Tja, der Zufall – oder war es Schicksal? – hatte mich tatsächlich zu ihm geführt. Ich setzte mich zu ihm und erkundigte mich nach seinem Befinden, nach seiner Klarinette und seinem Spielen. Er antwortete mir nur sehr einsilbig, doch ich konnte sein ganzes Leid erkennen, man sah es in seinen traurigen Augen, man bemerkte es an seiner brüchigen Stimme. Seine

Klarinette war seit Jahren verstummt und mit ihr ein großer Teil von ihm. »Was ist passiert?«, fragte ich ihn, doch er konnte mir keine Antwort geben. Mich deprimierte das und ich wollte ihm so gerne aus diesem Loch heraushelfen. Aber wie sollte ich das anstellen?

Ich lud ihn ein, eine Woche bei mir zu verbringen, ich würde ihm gerne meine Söhne vorstellen. Er willigte überraschenderweise ein. Ich wusste nicht warum, aber ich freute mich. So beherbergte ich ihn eine Woche, mit einem Plan im Hinterkopf: Gleich am ersten Abend hatte ich einige Freunde zu mir eingeladen, darunter auch ein paar Musiker, die gerne bereit waren, ein bisschen ihre Instrumente erklingen zu lassen. Wir tanzten und feierten, doch Charalambos saß nur regungslos auf seinem Stuhl und beobachtete das Treiben vor seinen Augen. Mein dreizehnjähriger Sohn Aristoteles erzählte ihm aus seinem Leben, von seinen Freunden, von der Schule. Er musste ihm wohl schon einen zweistündigen Monolog gehalten haben, als Charalambos ihn unvermittelt fragte, ob ihm diese Musik gefalle. Mein Sohn antwortete etwas in der Richtung, dass man sich erst daran gewöhnen müsse. Auch mein achtjähriger Sohn Anastasios schien nicht besonders begeistert zu sein, denn er ging so früh wie immer ins Bett, obwohl ich ihm erlaubt hatte, länger aufzubleiben.

Am nächsten Abend lud ich wieder Leute ein, wiederum welche, die Dimotika (volkstümliche Lieder) aus Epirus spielten. Alles tanzte und lachte und feierte, nur Charalambos saß regungslos da und schaute zu.

Die gleiche Prozedur am nächsten Abend, erneut saß er ohne sich zu regen da, neben ihm mein Sohn Aristoteles, der mit ihm redete. Diesmal wollte mein Filius die Geschichte des Klarinettisten erfahren. Charalambos erzählte eine kurze Fassung und Aristoteles hörte aufmerksam zu. Anastasios tanzte ein bisschen.

Wir wurden alle schon sehr müde, trotzdem gab es am nächsten Abend erneut eine Feier, wieder saß Charalambos herum, doch meine Söhne tanzten ein wenig, sie forderten den großen Klarinettisten auf, doch auch ein bisschen zu spielen. Zunächst wollte er nicht. Sie setzten sich zu ihm, redeten ihm zu, endlich ein wenig von seinem Können zu zeigen, es bedeute ihnen einiges. Charalambos erhob sich, ersetzte den bisherigen Virtuosen, fing an zu spielen, meine Söhne tanzten auf die Musik, er gab ein zweites Stück von sich, die

Kinder tanzten weiter, ein drittes Stück, sie schienen in Trance zu sein. Charalambos spielte Lied um Lied, Aristoteles und Anastasios bewegten sich – gefangen genommen von den wunderbaren Klängen. Sie rissen auch die anderen mit, es wurde ein ganz besonderer Abend.

Am nächsten Morgen weckte Aristoteles den alten Klarinettisten, fragte ihn ganz aufgeregt, ob er von ihm unterrichtet werden könne, er würde so gerne ein ebenso guter Klarinettist wie Charalambos werden. »Ist das dein Ernst?«, fragte der alte Mann. »Jawohl«, antwortete mein Sohn selbstbewusst. »Warum willst du das?«, wollte der Meister nun wissen. »Damit ich lerne so zu spielen, wie du es tust; damit Leute tanzen und glücklich sind.«

Charalambos schaute ihn an, glücklich, hoffnungsvoll. Er hakte nach: »Was glaubst du ist das Wichtigste beim Klarinettespielen?«

Mein Sohn erwiderte: »Dass man sich eine neue Welt erschafft und Menschen findet, die diese mit einem teilen.«

Der kranke Esel / Ο άρρωστος γάιδαρος

»Bist du immer noch krank?«, fragte ich meinen lieben Freund Mustafa.

»Ja, wirklich schlimm. Es geht nicht vorbei. Das liegt nur an diesem Scheiß-Wetter«, sagte er und nieste.

»Kennt deine Mutter keine tollen Hausmittel, die dich von dieser Grippe erlösen?«

»Hör mir damit auf. Meine Großmutter hat mir so ein seltsames Gebräu aus der Türkei geschickt. Ich will gar nicht wissen, was das genau ist. Es sieht so widerlich aus, dass ich niemals nur in die Nähe davon kommen werde.«

»Ach, ist das die Oma, die glaubt, dass der Fernseher ein Teufelswerk ist?«

Er stöhnte.

»Ja, genau die. Sie versucht mich übrigens nicht nur mithilfe dieser ›Arznei‹ zu heilen, sondern wendet ihre telepathischen Fähigkeiten an.«

»Haha, das sagt sie also. Und? Wirkt es?«

»Selbstverständlich. Das Fieber ist um 0,05 zurückgegangen. Pah.«

Ich ging ins Wohnzimmer, in dem meine Mutter saß und in ihrem »Buch der Wunder« las. Das war ein Buch über das griechische »Lourdes«, dort wurden bereits viele Menschen gerettet, die glaubten und das Wasser aus den dortigen Quellen tranken beziehungsweise sich damit wuschen. Ich erzählte ihr von dem Telefonat. Sie sang: »Muuuuustaaaaaafaaaaaa!« So wie sie das immer tat, wenn ich den Namen meines besten Freundes in den Mund nahm. Es war ihr Lieblingsname. Sie amüsierte sich über das Erzählte und sagte: »Junge, ihr glaubt alle zu wenig. Deswegen gibt es Krankheit, Leid und Krieg auf der Welt.«

»Nein, nicht schon wieder diese unnütze Diskussion«, dachte ich mir, also antwortete ich ihr nicht. Sie legte ihre Lektüre weg und machte ein nachdenkliches Gesicht.

Sie erzählte:

»Ein Dorf im griechischen Nordwesten, in Epirus. Es liegt im Gebirge, eine öde Landschaft, hier gibt es vor allem Schafe und ein paar Obstplantagen. Das kleine Dorf nennt sich Eleftherohori, was so viel wie ›freies Dorf‹ bedeutet. Der alte Jannis besitzt ein Grundstück, das an das der Kirche im Dorf angrenzt. Er pflanzt Tomaten und Bohnen an. Eines Tages überlegt er sich, auf dem Feld stehend: Mensch, wenn ich diesen Zaun aus Steinen in Richtung der Kirche verschiebe, tut das doch keinem weh, und ich kann noch ein paar Bohnen mehr anbauen. So verschob er die Steine und setzte seinen Plan in die Tat um.«

Später am Abend rief sie mich zu sich ins Wohnzimmer.

»Ich muss mit dir reden«, sagte sie ernst.

»Was ist denn?«

»Ich glaube, ich werde an Ostern nach Griechenland fliegen. Ich werde meine Schwester besuchen und einen Besuch am heiligen Ort machen. Ich bringe geweihtes Wasser mit, dann wirst du nie wieder krank!«

Sie sah jetzt ein wenig entspannt aus, als ob ihr ein Stein vom Herzen gefallen wäre, nachdem sie mir das gesagt hatte.

Meine Krebs-Erkrankung lag bereits zwei Jahre hinter mir, aber als ich ihr von Mustafas Krankheit erzählte, die gar nicht damit vergleichbar war, fiel sie wieder in diese Sorge um mich, wie sie es damals gemacht hatte, wie sie es wohl im Stillen seit dieser Zeit machte.

»Das werde ich sowieso nicht mehr! Zwei Jahre! Du brauchst keine Angst zu haben!«

»Habe ich aber noch. Immer wenn ich spüre, dass du Schmerzen hast, sorge ich mich. Ich möchte Sicherheit, möchte etwas tun.«

»Das mit den Schmerzen wird das ganze Leben bleiben. Damit musst du dich abfinden. Ich tue es ja auch. Und für mich ist das alles schwieriger.«

Jetzt weinte sie, so wie sie es oft tat. Sie hatte keine Kraft mehr, sie hatte nur noch Schmerzen und Trauer in sich. Und diese brach ständig aus. Ich konnte sie nicht trösten, ich lief aus dem Zimmer.

Sie erzählte eine Tages weiter:

»Opa Jannis schaute nach seinen Schafen und nach seinem Esel, den er dringend benötigte, wenn er in die große Stadt kommen wollte – Automobile gab es nicht, und auch die Busfahrt war zu teuer. Er bemerkte, dass dieses störrische Tier nichts fraß. Er machte sich Sorgen. Am nächsten Tag das gleiche Bild. Der Esel schien krank zu sein. Was hatte er nur? Der Veterinär kam nur einmal im Monat in das Dorf. Was sollte er nur machen? Er ging in die Kirche und betete um das Heil seines Tieres.

Er gab ihm das verschiedenste Futter, doch es half nichts. Der Esel wurde immer schwächer. Jannis hatte sich schon damit abgefunden, dass er bald auf dieses Nutztier verzichten müsste.

Eines Nachts träumte er vom Heiligen Aï Jorgo, der zu ihm sprach:

›Du weißt, dass du etwas Verwerfliches getan hast. Wenn du das wieder gut machst, dann wird ein Wunsch in Erfüllung gehen.‹

Dann verschwand die Erscheinung wieder.

Jannis überlegte. Was könnte dieser Traum bedeuten? Dann ging er auf das Feld. Er verschob die Steine wieder. Er ging in den Stall, setzte sich neben den Esel und wartete. Er konnte es kaum glauben: Das Vieh fraß wieder.«

Sie stand an der Spüle und wusch Salat. Ich schaute sie an.

»Was ist, Kiriako?«

»Weißt du was? Mein Glaube ist anders als deiner. Ich glaube an mich. Glaube daran, dass ich es selbst in der Hand habe. Ich glaube, dass ich stark genug bin, mich gegen das Unglück zu stellen, es zu vermeiden, wenn ich dagegen gerüstet bin.«

Sie schnitt sich in den Finger.

»Aïïïïïïïïïï, so hat Gott dich bestraft, dass du so ungläubig bist.«

Das Blut floss, sie beobachtete es zähneknirschend.

»Wieso? Ich blute nicht!«

Drei Stühle / Τρεις καρέκλες

Unsere Väter trafen sich eines Mittags in der Kantine des Badischen Stahlwerkes, klopften sich gegenseitig auf die Schultern und sagten es so:

»Ah, du Papa Aris?!« – »Ah, du Papa Metin?!« – »Ja. Aris ist guter Junge.« – »Ja. Ja. Dein Metin auch ein guter Junge.«

Und dann kümmerten sie sich wieder um ihr Essen, vermutlich irgendetwas mit Kartoffeln.

Metin und ich befanden uns auf dem Spielplatz, in der Nähe seiner Straße, gut versteckt in der großen Rutsche – wenn wir darin saßen, sah man uns nicht von außen. Das war auch gut so. Unsere Väter sollten uns nicht beim Kiffen erwischen. Wir sagten es so:

»Scheiße, Mann, wir müssen hier aus dem Kaff raus, wir haben keine Chancen hier, keine Optionen.« – »Ja, Mann, wir können uns hier nicht entfalten. Wir müssen weg, in die Großstadt, wir brauchen Museen, Theater, wir brauchen eine Chance, um weiterkommen zu können.«

Das war vor langer Zeit gewesen. Wo sind der Metin und der Aris von damals geblieben? Und wo unsere Väter? Mein Vater ist tot. Sein Vater hat Rücken.

Im Studium hatten wir einen orthodoxen Stammtisch. Und das kam so: Als ich mich für ein Einführungsseminar in Schulpädagogik entscheiden sollte, schaute ich in die Teilnehmerlisten, entdeckte auf einer bereits zwei nicht deutsch klingende Namen und setzte meinen hinzu. Nach dieser Methode verfuhren auch die anderen »Studierenden mit türkischem, griechischem oder jugoslawischem Hintergrund«, sodass wir letztendlich zu acht in dem Kurs waren. Die erste Generation von Studierenden mit Migrationshintergrund im Lehramt an dieser Hochschule. Unsere Diskussionen mit dem Professor waren vermutlich andere als die in anderen Einführungsseminaren.

In der Mensa saßen wir zusammen. »Fehlt nur noch der Wimpel ›Orthodoxer Stammtisch‹«, witzelte Gemma, die trotz ihres italienischen Namens eine Türkin arabischer Herkunft und außerdem syrisch-orthodox ist. Toula, die »Griechin«, lachte. Herman ebenso, der der apostolisch-orthodoxen Kirche angehört. Die »Jugoslawin« an unserem Tisch sagte:

»Solange wir nicht unser Brot in diesen grässlichen Rotwein tunken müssen, wie man es bei uns beim ›Abendmahl‹ macht?«

»Als Kind habe ich einmal danach gekotzt!«, gab ich an.

Wir führten einige Diskussionen über unsere Herkunft, über unsere Situation als Deutsche mit anderen Wurzeln. Oder waren wir doch Griechen, Jugoslawen, Türken und Armenier?

»›Zwischen den Stühlen sitzen‹ nennen es die deutschen Wissenschaftler jetzt«, sagte Toula. »Was soll das denn heißen?« – »Als würden wir zerrissen werden ›zwischen den Kulturen‹«, schnaubte Chrissoula verächtlich, eine weitere Griechin in unserer Runde. Gemma lachte nur ironisch und sagte: »Nix verstehen! Ich Ausländer!« Sie brachte es immer fertig, eine Diskussion mit

Scherzen entweder zu stoppen oder weiter anzuheizen. Je nachdem, wer dabei war. Diesmal sollte es zu keinem Halt kommen: »Ich finde eher, dass wir aus den Kulturen ›das Beste‹ herausfiltern und in unser Leben integrieren!«, sagte ich überzeugt von meiner These und mir selbst. Toula schaute mich verdutzt an: »Bei dir stimmt doch etwas nicht. Und was, bitteschön, sollte dann ›das Beste‹ aus beiden Kulturen sein? Möchtest du mir das einmal sagen? Kannst du das definieren?« Daraufhin begann ich mit: »Naja, die Gastfreundschaft der Südländer –«

Toula unterbrach mich jäh: »Kokolores, Klischee – bringt uns alles nicht weiter. Du bist so wie du bist, weil du clever bist. Nichts weiter. Einfach ein cleveres, weltoffenes Bürschchen, und das ist gut so. Fang aber nicht mit diesem dritten Stuhl von dem Soziologen Tarek Badavia* an, sonst ramme ich dir einen in deinen kleinen Bauch.«

Toula, sie war diejenige, die bei unserer ersten Demo gegen die Bildungsmisere vorneweg lief, plötzlich gegen die Polizisten wetterte und so etwas wie »Bullen raus, geht nach Haus’« skandierte, woraufhin wir ihr sofort rieten, ihren Mund zu halten, bevor sie noch niedergeknüppelt würde.

Unsere Väter kamen aus unterschiedlichen Gründen nach Deutschland. Metins Vater war ein intellektueller Linker, hochgebildet, mit Universitätsabschluss als Ingenieur. Mein Vater war ein armes Dorfkind mit geringer Schulbildung, der als ältester der Brüder beschloss, sich fünf Jahre lang als Gastarbeiter bei der Firma Züblin zu verdingen, um Geld nach Hause zu schicken, den Standard der Familie anzuheben, dann zurückzukehren, eine Frau zu finden und zu heiraten. Das tat er dann allerdings in Deutschland. Und blieb. Genauso wie Metins Vater, der seine Frau ebenfalls in Deutschland kennenlernte. Trotz seiner guten Bildungsabschlüsse, die in Deutschland nicht anerkannt wurden, landete er im Stahlwerk, genauso wie später mein Vater.

Metin und ich telefonierten regelmäßig. Er tat sich schwer im Leben. Schauspieler hätte er werden wollen, bewarb sich allerdings nicht an Schauspielschulen. »Das kann ich doch nicht machen«, erklärte er mir,

---

* Bildungserfolgreiche Immigrantenjugendliche besetzen angeblich einen dritten Stuhl.

»meinem Vater jahrelang auf der Tasche liegen und danach womöglich keine Rollen bekommen? Das kann ich nicht machen, wirklich nicht!« Er entschied sich für ein Jurastudium. Es war nicht so, dass es völlig überraschend für mich kam. Wir hatten in der zwölften Klasse beim Tag der offenen Tür an einer Hochschule in Jura-Vorlesungen hineingeschnuppert. Allerdings schreckte mich das eher ab. Er fand es nicht ganz so langweilig wie ich. Doch ich wusste, dass es nicht das Richtige für ihn war. In den Telefonaten erzählte er immer von diesen Qualen, von seinen Lernproblemen, seinen Schwierigkeiten, sich die ganzen Gesetze auswendig zu merken, sie anzuwenden fände er ja ganz interessant, da könne man so schön interpretieren, wie in Deutsch-Aufsätzen.

Gemma wurde meine beste Freundin im Studium, ich liebte ihren Humor, ihre knackigen Sprüche. Als jemand fragte, ob jemand einen dicken Edding habe, antwortete sie:

»Ich habe sogar zwei dicke Eddings. Höhöhö.«

Wir diskutierten oft über ihre Familie, die rigide Art, wie mit ihr umgegangen wurde, doch sie versuchte immer wieder mit Witzen davon abzulenken.

»Eines Tages sagt mein Vater: ›Gemma, Sophia, kommt mal, kommt mal, ein Kaminfeger ist auf unserem Fenster!‹ Verwundert rennen wir ins Wohnzimmer, schauen auf das Fenster, zucken noch verwunderter die Achseln, erklären ihm: ›Du meinst Marienkäfer, das ist ein Ma-rien-kä-fer.‹ Ein anderes Mal begrüßt er mich mit: ›Gemmi, was gibt es neun?‹ Ich antworte: ›Acht!‹«

Mich interessierte aber noch mehr, dass sie abends ausbüxen musste, um auszugehen. Wenn die Eltern sich ins Bett legten, einschliefen, konnte sie gelegentlich ausreißen. Schlimm fand ich das, mit 23 Jahren. Keinen Freund haben, nicht weggehen dürfen, nicht erwachsen sein. Die Jugoslawin Dani war da anders, ganz anders, sie hatte sich »emanzipiert«.

Unsere Diskussionen mit Metin drehten sich immer um die Benachteiligungen und Diskriminierungen, die Menschen mit Migrationshintergrund zu erleiden hatten.

»Es ist unumstößlich«, sagte er. »Als ich in die Schule kam, hatte ich klare Nachteile. Ich konnte kaum Deutsch, ich war einer der wenigen Migranten.

Die Deutschen konnten schon lesen und schreiben und ich konnte noch gar nichts. Als ich so weit wie sie war, da konnten sie schon kleine Aufsätze schreiben, ich hinkte immer hinterher.«

»Ja«, antwortete ich, »Bourdieu würde dir jetzt zustimmen. Die Kapitalientheorie. Akkumulation von kulturellem Kapital. Wer nix hat, hat Schwierigkeiten, mehr dazu zu bekommen, wer schon viel hat, dem wird noch mehr gegeben. So funktioniert das System! Das ist nicht anders als beim ökonomischen Kapital: Wer kein Geld hat, der kriegt die erste Million sehr schwer, wer die Million schon hat, kriegt die zweite und dritte im Nu. Und du, lieber Metin, hast von keiner Art des Kapitals genug, weder ökonomisch, noch sozial, noch kulturell. Leider.« – »Ja, leider.«

Im Laufe des Studiums kristallisierte sich immer weiter heraus, dass wir Studierenden mit Migrationshintergrund nicht so recht ins System passten. Wohlwollende Kommentare unseres reformpädagogischen Profs aus dem Einführungsseminar verblassten, die ersten Praktika zeigten ganz deutlich, dass Deutschland noch nicht weit genug für uns war. Es frustrierte uns, wir scherten aus unserem Pfad aus. Die erste war Dani, die eine Ausbildung als Mediengestalterin begann. Danach folgte Toula, die an eine andere Hochschule wechselte und Germanistik studierte, das Lehramt war ihr zu viel Kokolores. Herman wechselte auch, wollte lieber in die Politik, Chrissoula wusste nie so recht, was sie tun wollte. »Eigentlich bin ich ja Künstlerin«, sagte sie. Gemma war die Einzige, die ihrem Weg treu blieb. Bevor ich alles schmeißen konnte, überredete sie mich zu einem Aufbaustudiengang, um nicht umsonst studiert zu haben. »Lass uns später ein Büro aufmachen!«, machte sie mir die Idee schmackhaft. Doch sie bekam dann eine Referendariatsstelle gleich neben ihrem Elternhaus, sie war verloren für mich, und ich begann meinen neuen Weg alleine zu gehen.

Unsere Lieblingsbeschäftigungen waren im Park zu liegen – der sich erfreulicher, aber auch bedauerlicherweise in der Nähe unserer Hochschule befand – und, natürlich, zu shoppen. Manchmal konnten wir uns nicht aufraffen, in der Sonne liegend, nach unserer Mittagspause zu unseren Seminaren zu gehen. Manchmal war auch die Tauschsucht von Gemma und Dani zu groß, wir mussten in den H&M und Teile umtauschen. Sie verfuhren nach dem Motto: »Wenn ich es kaufe und ein- oder zweimal anziehe, danach umtausche, dann habe ich immer das Gefühl ganz viele Klamotten zu besitzen, ohne viel Geld zu verlieren.« Ich war davon nicht ganz überzeugt.

Mich überraschte nicht, dass Metin sein Studium abbrach, mich überraschte eher der Studiengang, den er daraufhin für sich wählte: Neue Deutsche Literatur, Theaterwissenschaften und Kunstgeschichte im Magister. Ein Studium, das eher meinen Begabungen und Interessen entsprach, das ich aber niemals in Angriff nahm. Er schon. Er nahm vieles auf sich. Umzug nach München, welches nicht gerade günstig war, neben dem Studium mehrere Jobs und nichtsdestotrotz brauchte er trotz alledem eine Ausbildungsförderung des Bayerischen Landes. Etwas, das ihm dann bei seinen ersten Jobs als Hauptamtlicher immer im Nacken blieb.

Als Menschen mit Migrationshintergrund zu leben war nicht Behinderung genug, meinte Metin, noch dazu kam, dass wir in K. aufwachsen mussten. Ein Kaff, das uns jegliche Energie und jegliche Möglichkeit aufzusteigen nahm.

»Sag doch mal«, fing er an, »wer von den Leuten aus K. hat es denn geschafft? Niemand!« Nein, tatsächlich, mir fiel niemand so richtig ein, und wenn jemand ansatzweise Erfolg hatte, dann zerpflückte Metin das sofort. Er fand dafür viele Gründe, wieso wir zu Misserfolg und Elend verflucht waren. Psychotherapie, Psychoanalyse – ja, die hatten alle aus K. nötig, und viele von unserer Clique waren in Therapie, ebenso Metin und ich. Andere waren nicht so clever gewesen, und dafür mausetot. Suizid war kein Fremdwort in unserem »geliebten« kleinen Kaff.

Gemma war die Einzige, die ihren Weg bis zum Ende ging. Die jetzt Lehrerin ist und ihren Job sicher gut macht. Die Familie hat, die glücklich ist, die ihren Schülerinnen und Schülern etwas mit auf ihren Lebensweg geben kann. Die anderen sind nicht mehr im sozialen Bereich zu finden. Außer mir. Ich arbeite in einem bundesweiten Projekt mit, das die Chancen von erwachsenen Menschen mit Migrationshintergrund verbessern soll, sich in den deutschen Arbeitsmarkt zu integrieren, mehr so ein politisches Ding.

Metin sagt: »Ich musste meinen Eltern immer bei Behördengängen helfen, die waren so unselbstständig, konnten zu wenig Deutsch, um sich selbst zu helfen, waren von allem überfordert. Sie hatten viele Ängste, die sie auf mich übertrugen. Wie hätte etwas aus mir werden können?«

Wie hätte aus ihm etwas werden können, mit all diesen Handicaps, Schwierigkeiten und Diskriminierungen. Es gab immer einen Unterschied zwischen ihm und mir. Ihm sieht man das »Ausländer-Sein« an, er ist der böse Türke, der böse Muslim. Er sieht »outlandish« aus, er sieht so aus, als könnte er sich »nicht integrieren«. Mich nahm man nie als Migranten an, ich sei doch Deutscher, hier geboren, und perfektes Deutsch sprechend. Das alles trifft auf Metin auch zu, nur keiner sagt es.

Gemma hat einen Mann mit italienischem Migrationshinweis, wie man heute sagt. Sie bekommt gerade ein Kind von ihm. Dani hat auch einen Mann mit italienischem Hintergrund geheiratet. Vor Kurzem bekamen sie ihr zweites Kind.

Metin hat seinen Abschluss gemacht, seinen Magister, mit Ach und Krach zwar, mit 34, aber geschafft ist geschafft, seine Psychoanalyse, seine Kämpfe mit ADHS (ach ja, DAS will er auch noch zu allem Überfluss haben) oder nicht, seine Lernschwächen, sein Ausgepowert-Sein wegen zu vieler Jobs neben dem Studium, alles vorbei. Doch jetzt wohnt er in Wien, mit seiner Freundin, sechs Jahre sind sie nun zusammen, sie promoviert gerade, schließt bald ab, möchte Kinder haben.

»Nur wie?«, fragt mich Metin, »ich habe alles aufgegeben in München, habe gerade keinen Job, kein Geld, wie soll ich ein Kind ernähren?«

Ich weiß es nicht, ich weiß es nicht. Ich möchte so gerne Menschen helfen. So gerne etwas verändern. »Nur wie?«, frage ich mich. »Nur wie?«

Ich telefoniere mit Gemma. Sie sagt: »Mein Mann ist arbeitslos geworden. Ausgerechnet jetzt, wo das Kind unterwegs ist. Zum Glück habe ich ein gutes Gehalt als Lehrerin.«

Meine Mutter ruft mich an, fragt mich, wann ich endlich heirate. Ich sage, dass ich mir so etwas nicht leisten kann. Es auch nicht will, heutzutage müsse man nicht heiraten. Daraufhin meint sie entnervt: »Heutzutage gibt es ja auch alles!«

Was sie schon damals sagte, als ich ihr von Chrissoula erzählte, die bei unserem Stammtisch immer mit vegetarischen Menüs aufwartete. »Ich bin Vegetarierin!« Da war meine Mutter fassungslos: Eine Griechin und

Vegetarierin. Soweit musste nun die »Integration« auch nicht gehen, dachte sie sich wohl.

Ich hatte eine Phase. Da kramte ich alte Kassetten meines verstorbenen Vaters aus, hörte sie tage-, ja, wochenlang an, bis selbst meine Mutter genug davon bekam und sich bei mir beschwerte. Sie hätte genug von diesen Klarinetten und von dieser Melancholie, sie müsse ständig an Epirus denken, an ihr Dorf, an ihre Kindheit. Wenn ich möchte, dass sie depressiv werde, tagelang vor sich hin weine, könne ich ruhig weitermachen mit diesem Psychoterror. Daraufhin hörte ich die Musik immer mit Kopfhörern. Bis heute noch. Ohne zu wissen, wieso mich diese Musik nicht kalt lässt, ohne zu wissen, wieso sie mich so berührt, so glücklich macht, so zum Träumen bringt, so zu mir zugehörig erscheint. Was ist »das Beste aus den Kulturen«, frage ich mich manchmal, finde aber keine Antwort, es gibt auch keine, ganz sicher!

Metin ruft mich an und sagt: »Oh Mann, die Österreicher nerven mich. Die tun gerade so, als müssten sie mich – als Deutschen – ausweisen, wenn ich nicht innerhalb von drei Monaten einen sozialversicherungspflichtigen Job nachweise. Puh, diese alten Rassisten!«

Auf diesem Spielplatz, auf der Rutsche oben, nicht von anderen einsehbar, malten wir uns die Zukunft aus, redeten von Erfolg, vom Glücklichsein, davon etwas zu erreichen, etwas zu vollbringen. Wir waren voller Hoffnung, dass wir unserem Schicksal entkommen können. Doch scheinbar hat es uns immer wieder verfolgt, uns zeitweise zur Strecke gebracht. Unseren Idealismus abgetötet vielleicht. Unsere Hoffnung. Unsere Ziele. Wir wollten etwas sein, etwas darstellen, Anerkennung erhalten, ankommen.

Unsere Väter schufteten sich den Rücken krumm für uns, damit wir es einmal besser haben als sie. Metins Vater sagte nach dem Tod meines Vaters: »Ich hab gesagt, Papa Aris, arbeit nicht so viel. Machst dich kaputt! Habe ich gesagt. Jetzt ist er tot!«

Er weinte. Er weinte noch mehr, als er Sarrazin im Fernsehen sieht. Metin ruft mich an: »Ich könnte ausrasten!«, sagt er. »Ich könnte wirklich ausrasten!«

Damals, im Studium, wollten wir gerade für die Jugendlichen mit Migrationshintergrund da sein – doch die Realität zeigte uns, dass dies nicht möglich ist. Die einzig nicht Radikale unter uns ist die Einzige, die in der Schule gelandet ist.

»Papa Aris«, sagte Metins Vater, »unsere Kinder sollen Lehrer und Anwälte werden!« Und mein Vater antwortete: »Ja, dafür sind wir in Deutschland. Meine Frau und ich. Deine Frau und du.«

Déspina oder Despína / Δέσποινα

Déspina. Oder wie man es im Deutschen betonen würde: Despína. So hieß meine erste Freundin. Wenn man das so nennen kann. Also: Freundin. Wie alt waren wir da? Elf? Zwölf? Ich war gerade für zwei Wochen im Dorf meines Vaters. Mitten im Nichts. Eine Insel, ja, aber so ungefähr zwei Stunden Fahrtzeit zum Meer. Brütend heiß war es. Bestimmt vierzig Grad. Und mitten in den Achtzigern. Will sagen: Es gab so gar nichts zu tun. Keine Play Station, kein Nintendo, kein Gameboy, nicht mal einen C64 oder Amiga 500. Ödnis. Wilde Ödnis. War auch irgendwo in der Gebirgspampa. Und der wenige Wald, den es da gab, brannte dann auch noch … Gemeinhin verbindet man ja Griechenland nur mit dem Meer, weil es ja auch so viele Inseln hat und sehr viel Küstenlänge. Doch wer weiß, dass es Griechenland auf fast achtzig Prozent Gebirgsanteil an der Gesamtfläche bringt? Also, irgendwo in der Pampa, wüstenheiß, alles verdorrt, keine Spiele, keine Freunde, außer meinem kleinen Cousin Nikos (wie sollte er auch sonst heißen), der allerdings erst neun war. Beim Fußball spielen hatte ich auch keine Chance, weil alle anderen mindestens sechzehn waren und mich einfach wegschubsten mit ihrer mächtigen Statur. Ja, die waren mächtig, ich dagegen schmächtig. Nur ein »sch« trennte uns, doch das machte nichts besser. Und dann kam sie. Eine absurde Szene, wenn man es sich genau überlegt: Ein Mädchen wirbelt in die Küche meiner Oma, Déspina, die ganz schnell redet, sodass ich sie kaum verstehe, sie checkt die Lage, mich, die Sauberkeit der Küche, meine Mutter, und bevor einer von uns reagieren kann, schnippt sie kurz mit dem Finger, sagt, dass sie nach Hause müsse zum Putzen, winkt kurz, lacht, und wirbelt wieder aus der Küche heraus. So gestaltet sich dann das Konzept »Offene Türen« etwas problematisch, denke ich bei mir. Ich frage meine Mutter, was das gerade gewesen sei, doch sie schüttelt nur die Schultern und fängt dann an zu lachen – auch sie scheinbar etwas überfordert von der kleinen, wilden Göre. Am nächsten Tag bereits sollte ich sie näher kennen lernen. Natürlich auch

nicht so nah, denn als wir bei ihrer Familie zum Essen eingeladen waren –
Déspina hatte dafür gesorgt, auch sie litt wohl an grenzenloser Langeweile,
und wer mag es ihr verdenken –, bekam mir das nicht besonders. Irgendetwas
im Essen vertrug sich nicht mit meinem besonderen Magen, vielleicht war es
die Fülle, vielleicht das Lamm (ich hatte vorher noch nie Lamm gegessen,
danach auch nicht), vielleicht auch irgendetwas anderes auf den hundert
Tellern vor mir. Ich übergab mich in ihrem Bad. Und fortan saß ich etwas
geplättet auf der unbequemen, weil kratzigen, Couch, schwitzend, bei
mittlerweile fünfzig verdammtgefühlten Grad und war kurz davor, die
Besinnung zu verlieren. Vielleicht hatte ich sogar einen Sonnenstich. Oder
beides. Wer weiß. Ist ja lange her.

Kann ich ihr den Titel »erste Freundin« wirklich geben? Langeweile war es,
die mich in ihre Arme trug. Doch so »richtig« zusammen waren wir ja nicht.
Einmal liefen wir händchenhaltend in die Ödnis, also aus dem Dorf heraus, um
uns den brennenden Wald, der zwischen uns und dem Meer am Horizont lag,
zu betrachten. Brennender Wald? Unsere Väter erklärten uns, dass das nicht
nur an der Hitze lag, sondern eher an Brandstiftern, an schlimmen Menschen,
die sie »Immobilienspekulanten« nannten. Unheimlich – romantisch – gruselig
– schön. Als wir alleine auf Felsen saßen, ein bisschen fernab des Weges,
wollte sie mir plötzlich etwas zeigen. Sie zog sich ganz aus – also, sie zog ihr
Blümchen-Kleid aus, sonst hatte sie nichts an. Ich betrachtete sie eingehend,
nicht, dass es besonders spannend gewesen wäre, ihr Busen war fast nicht als
solcher zu nennen, nur unbedeutend weniger hatte ich an Brustumfang zu
bieten, und ich war sehr schmalbrüstig. Sie hatte ein bisschen Flaum an ihrer
anderen intimen Stelle, da schaute ich aber schnell weg, ich wusste damals
noch nicht, was man damit anfangen könnte. Sie war nicht wirklich hübsch, ihr
Haar war stoppelig wie Stroh, es war auch von ähnlicher Farbe, viel zu kurz
für ein Mädchen, aber praktisch. Ihr Gesicht war braungebrannt, genauso wie
ihre Arme und Beine, auch die Augen waren von dieser Farbe, nicht wirklich
eine Überraschung in diesem Dorf, ihre Nase war fast ein wenig zu groß für
das Gesicht und die Ohren standen auch ein bisschen zu sehr ab. Doch eine
Sache faszinierte mich: Ihre Augen lachten immer, egal, was sie tat, auch jetzt,
ganz entblößt vor mir, sie war wahrlich keine Schönheit, aber sie hatte
Ausstrahlung – das begriff ich schon damals. Und es gefiel mir. »Komm«,
sagte sie, doch ich wollte nicht. »Trau dich«, sagte sie. Und so hörte ich auf
sie, lief auf sie zu, ganz unsicheren Schrittes, auch nervös: »Was sollte ich

tun«, fragte ich mich. »Berühr mich«, sagte sie. Äh nein, wollte ich sagen, doch wie sollte ich das tun, ohne sie zu verletzen. Also berührte ich sie. Ich glaube, es war am Arm. Ich strich mal kurz darüber. Und dann ließ ich sie wieder los. »Bin ich ein Pferd?«, fragte sie lachend. Das Wort Pferd kannte ich sogar im Griechischen. Nicht immer verstand ich sie mit meinen geringen Griechisch-Kenntnissen. Sie nahm meine Hand und führte sie über ihren Körper, ich schloss die Augen, er war leicht feucht vom Schweiß, fühlte sich aber auch angenehm warm an, weich. Sie jauchzte kurz auf. Und dann sagte sie: »So, genug!« Und schubste mich ein bisschen von sich weg. Sie hob das Kleid auf, zog es sich über und sagte geschäftsmäßig, dass die Deppen endlich einmal einen Flieger nehmen sollten, um dieses Feuer zu löschen, wie dumm sind die denn?

Déspina. Oder wie man es im Deutschen betonen würde: Despína. So hieß meine letzte Freundin. Ja, ich weiß, dass sich das sehr absurd anhört. Und nein, ich bin nicht schwul, ich hatte durchaus auch andere Freundinnen. Zwischen der ersten und der letzten liegen zwanzig Jahre, so in etwa. So kurz diese »erste Beziehung« war, so nachdrücklich setzte sie sich in meinem Unterbewusstsein fest, warum auch immer. Es hört sich unglaubwürdig an, aber ich hatte immer Freundinnen, die irgendetwas mit Putzen zu tun hatten: Margarita war zwanghaft, wusch sich dauernd – und natürlich putzte sie praktisch zwei Mal am Tag ihre Wohnung. Sibel hatte eine Mutter, die Geschäftsführerin einer Reinigungsfirma war, sie hatten so etwas wie das Monopol, alle Schulen unserer Stadt zu reinigen. Marina, studierte Psychologin, allerdings wurde ihr Abschluss in Deutschland nicht anerkannt, verdiente sich ihren Lebensunterhalt mit dem Putzen, qualifizierte sich aber abends und am Wochenende weiter. Fatmas Mutter war ebenfalls Reinemachefrau und Marijke hatte eine Staub-Allergie, deswegen war für sie nur eine Wohnung mit Laminat, immer reinlich und ordentlich akzeptabel – weswegen sie sich verweigerte, in meine Teppich-und-dreckige-Jungs-WG zu kommen. Sie hatten alle mit Putzen zu tun, und … redeten schnell. Mit Akzent. Und ich verstand sie oft nicht, doch das machte es reizvoller. Und … ich liebte es, wenn sie von ihren Leuten angerufen wurden, in einer fremden Sprache telefonierten, wenn sie mit mir unterwegs waren – ich verstand kein Wort, doch ich bekam immer einen Steifen dabei.

Déspina. Die letzte. Auch sie Geschäftsführerin. Reinigung. Eine besondere. Tatortreinigung, wie im Film »Sunshine Cleaning«. Natürlich half sie auch bei Messiewohnungs-Reinigungen, Schädlingsbekämpfung et cetera. Aber »Tatortreinigung« hört sich natürlich cooler an. Und diese Déspina war cool. Ich meine, sie war auch die einzige meiner Errungenschaften, die perfektes Deutsch sprach, sie war die einzige, die von meiner Familie akzeptiert wurde, denn ihr Griechisch war genauso gut – und vor allem: Sie war die einzige, die ein wirkliches Leben hatte. Und mit ihr änderte sich auch meines. Sie trat mir sprichwörtlich in den Hintern, zwang mich, endlich etwas aus mir zu machen, ein bisschen Ehrgeiz an den Tag zu legen. Und für sie machte ich es. Sie war eine Klasse-Frau. Klasse-Frau im Sinne von: Top-Figur – ich glaube, sie hatte längere Beine als ich, und Busen, die für zwei gereicht hätten, mehr Muskeln als ich hatte sie auch noch –, und dabei ein wunderschönes Gesicht, wirklich, ebenmäßige Züge, der goldene Schnitt, ja, meeresblaue Augen, lange, walnussbraune Haare, ihr wisst schon, eine Frau wie aus einem Hollywood-Film. Sie war eine Klasse-Frau, weil sie Stil hatte. Sie wusste, welche die richtigen Läden sind, hatte die besten Kontakte, kannte die angesagte Musik, trug hippe Kleidung, machte die Trendsportarten mit, fuhr an die Places to be, um zu urlauben – und ich war drei Jahre lang überall dabei. Überall. Und glücklich. Ohne Illusion. Ich schwebte. Drei Jahre lang. Wähnte mich fast schon im Himmel. Alles ging plötzlich so leicht von der Hand, alles schien sich zu fügen. Vielleicht manchmal nicht so reibungslos wie Déspina es gerne gehabt hätte, aber sehr viel einfacher als es jemals für mich gewesen war. Mit ihr begann ein neuer Lebensabschnitt, ein neues Leben eigentlich, mit ihr begann das, was es immer hätte werden sollen und nicht war.

Déspina. Die letzte. Plötzlich war es aus. Und wenn ich »plötzlich« sage, dann meine ich es so. Ohne Vorankündigung »passierte es mir«. Ich meine, also, normalerweise spürt man ja so etwas, ich bin ja nicht unbedingt unsensibel. Man merkt, dass da in der Beziehung etwas nicht stimmt, dass sich der andere oder eben die andere von einem wegbewegt, sich zurückzieht und nicht mehr so herzlich und warm ist. Doch nicht bei Déspina. Es schien so, als wäre sie morgens aufgewacht und hätte sich gedacht: »Hm, was stimmt in meinem Leben nicht? Ach ja, dieser Depp da neben mir, der bringt mich nicht weiter. Voll die Erleuchtung! Wieso kam ich nicht vorher drauf?« Ich schwöre, so muss das für sie gewesen sein. Sie schaute mich an, ich schaute sie an, und sie sagte: »Du hast den heutigen Tag, um aus meiner Wohnung und meinem

Leben zu verschwinden.« Ich blickte sie verdutzt an, öffnete den Mund, doch sie kam mir zuvor, sagte, dass das Sachen Zusammenpacken ja schnell gehen müsste bei mir, ist ja nicht viel, was mir gehörte. Ich lamentierte, doch sie hörte mich nicht, sie legte sich diese monströsen Kopfhörer auf ihre Ohren und hörte mich nie wieder. Als ich anfing zu schreien, sang sie einfach die Musik mit. System of a Down. Singen heißt gleich Kreischen. Ausgerechnet diese Band. Ich meine, das war ja für eine Frau so untypisch und schon fast »retro« zu nennen, aber das meine ich eben mit »cool«. Ich musste zu meiner Mutter ziehen, so auf die Schnelle. Nach und nach hatte ich ja meine Freunde aufgeben müssen, ihretwegen, hatte mich in ihren Freundeskreis geflüchtet, der mich nie vollkommen akzeptiert hatte, vielleicht lag das alles an ihnen. Feindbilder braucht man, wenn man seine Frau noch immer so liebt wie am ersten Tag.

Meine Schwester Voula ist der Liebling meiner Mutter. Sie hat es geschafft. Sie ist nach Griechenland gezogen. Für immer. Sie ist nun die sichere Bank in meiner Familie, die Alterssicherung meiner Eltern – zu ihr können sie in zwei, drei Jahren ziehen, wenn mein Vater endlich in Rente gehen kann. Griechenland in der Krise? Tja, meine Schwester bleibt davon unberührt, so viel Geld wie sie mit ihrem Mann das letzte Jahrzehnt im Internet gescheffelt hat, kann sie gar nicht ausgeben. Sie machen ihr Internet-Ding nun von Griechenland aus. Auf dieser Insel, allerdings nicht in der Gebirgspampa, sondern direkt am Meer. Meine Schwester geht jeden Morgen erst einmal schwimmen, acht Monate im Jahr. Es gibt eine kleine Winterpause, da joggt sie dann. Um meinem ganzen Drama mit Déspina, die von ihren Freunden Despína genannt wird, zu entkommen, flog ich zu ihr, ein bisschen chillen, dachte ich, ein bisschen auf andere Gedanken kommen.

Voula hatte vielleicht andere Gene als ich, oder … ich habe keine Ahnung, sie ist ganz anders. Sie ist wie die mütterlichere Version von Déspina, der letzten, genauso erfolgreich, allerdings weitaus matronenhafter, genauso zielstrebig, aber dabei viel warmherziger, genauso entschieden, aber dabei sehr viel verständnisvoller. Meine Schwester hatte mich damals durch das Abitur geprügelt, zum Studieren gezwungen. Und jetzt, und jetzt hatte sie einen Plan im Kopf – sie wollte mich verkuppeln. »Mit einer ›richtigen‹ Griechin«, sagte sie, Déspina sei ja schon ein Anfang gewesen, nach all den Türkinnen,

Ukrainerinnen und Polinnen, aber jetzt mal Butter bei die Fische, ich könne mit dem Heiraten nicht ewig warten.

Sie führte mich in ihr neues Reich, eine kleine Villa, nicht zu protzig, aber groß genug für Mann, verwöhntes Kind, Hund und Zwerghamster, mit zwei Zimmern für die Großeltern, Gästezimmer und einem Extra-Raum für ihre »Haushälterin«, wie sie mir erzählte. Alles war in Weiß gehalten, mit Möbeln, wie man sie sich in griechischen Interieur-Zeitschriften vorstellt, »mediterraner Stil«, viel Strand-Dekor, viel Muschel-Schnick-Schnack et cetera. »Eine Haushälterin?«, hakte ich nach. In diesem Moment erreichten wir die supergroße Küche, natürlich mit der obligatorischen Koch-Insel und mehr Arbeitsflächen als in den meisten Restaurants, die ich kannte – und wir sahen eine verhutzelte Frau darin stehen, die gerade ihren Kopf nach unten beugte, ganz nah an ihr Mobiltelefon drückte, so als ob sie blind wäre. Sie kniff auch leicht die Augen zu, drückte hilflos irgendwelche Tasten. Ich wollte wissen, was die Frau da machte, wollte wissen, ob das die großartige »Haushälterin« sei. Voula schaute mich verstört an, ob ich Déspina vergessen habe, sie sei doch meine erste Freundin gewesen. Déspina??? Ich schaute sie an, ohne sie wiederzuerkennen. Auch sie blickte mich ohne Regung an. Déspina??? Sie sah mindestens zehn Jahre älter aus als ich, mindestens, sie hatte noch ihre strohigen, kurzen Haare, war noch genauso dünn, aber auch klapprig wie eine Oma, fast wie behindert (nennt man das heute gehandicapt?), wie ein blinder Maulwurf, ihre Zähne schlecht, ja, fast wie verwunschen, eine Prinzessin, die in eine Hexe verwandelt worden war. Ihre Augen leuchteten kein bisschen. »Was macht sie da?«, fragte ich erneut, und meine Schwester antwortete, dass sie sicher eine Nummer im Mobiltelefon suche, die sie allerdings gar nicht finden könne, weil sie, Voula, sie nämlich gelöscht hat. »Die Frau ist wie ein Karnickel«, sagte sie, »die vögelt alles, was bei drei nicht auf dem Dach ist, und dann hatte sie so einen zwielichtigen Verehrer hier, zahnlos, fünfzig, ein Alkoholiker, der sie angeblich heiraten wollte. Dem habe ich meine Meinung gegeigt«, sagte Voula, »und natürlich die Nummer gelöscht und ihn gewarnt, dass ich ihm alle Gliedmaßen brechen lasse, wenn er es wagt, sich noch einmal bei ihr zu melden.« Meine Schwester: warmherzig? Hart, aber herzlich?

»Aber warum?«, fragte ich sie immer wieder, und sie sagte, dass man in Griechenland für die Schwachen da sein muss, gerade jetzt, sie habe auch einen Gärtner, der gehandicapt sei, aber wirklich gute Arbeit leiste, der aber bei seinen Eltern wohnt, weil er etwas mehr Hilfe brauche, und die Nachbarskinder würden ihr mit der umfangreichen Post und den Erledigungen zur Hand gehen. Und ehrlich gesagt, so ganz unter uns, sie war kein besonders guter Mensch oder so, sie machte das alles nur, um nicht als »deutsche Heuschrecke« diffamiert zu werden. »Reiner Selbstschutz«, lachte sie, »aber diese Déspina ist schon wirklich schwer zu ertragen. Kochen kann sie ja«, erzählte meine Schwester, aber sie müsste immer schauen, ob sie die Herdplatten und den Backofen ausschalte, die ist in der Lage und fackelt das Haus ab. Voula, Voula, machte ich, das ist ja alles gar nicht großartig, um nicht zu sagen: beängstigend.

Déspina, die erste, redete immer noch so schnell, obwohl Voula ihr tausend Mal sagte, dass mein Griechisch seit damals noch katastrophaler geworden sei, bei »seit damals« huschte ein Lächeln des Erkennens bei Déspina auf, ein selten klarer Moment. »Was ist überhaupt mit ihr passiert?«, fragte ich. Eine Krankheit, die, kurz nachdem ich sie kennenlernte, ausbrach, genetisch bedingt, sagten die Ärzte, unaufhaltsam, und lang würde sie wahrscheinlich nicht mehr leben. Doch »Unkraut vergehe nicht«, sagte Déspina immer wieder, und sie lebte nach wie vor, oder? Auch wenn sie debil, blind, klapprig und dauergeil war. Ich schloss mich sowohl im Zimmer als auch im Bad ein, ich hatte keine Lust auf eine unliebsame Überraschung, manchmal kratzte sie an der Tür, hauchte ein »Lass mich herein«, doch ich überhörte sie. Voula schloss abends auch die Haustür ab, damit Déspina nicht um die Häuser zog. »Wovor hast du Angst?«, fragte ich sie, doch meine Schwester schaute mich nur wissend an. »Ein Werwolf?«, dachte ich bei mir und musste kichern.

Ich lag den ganzen Tag am Strand, las viele Bücher, ging schwimmen, schaute mir die Frauen in ihren knappen Bikinis an. Auf eine hatte ich mein Auge besonders oft geworfen. Sie lief immer wieder an mir vorbei, schaute mich neckisch an, sie sah ein bisschen aus wie Kate Winslet, ja, ich weiß, verrückt, denn erstens, wer findet die schon hübsch, zweitens sehr griechisch sieht sie auch nicht aus, aber … Rote Haare – Kate Winslet. Ich konnte mich einen Nachmittag lang kaum konzentrieren, nachdem sie sich nur ein paar Meter von mir entfernt an den Strand auf den Bauch legte und ihr Bikini-Oberteil auszog. Keine Chance, dachte ich mir, wirklich, keine Chance bei so einer Frau, Stil Déspina, die letzte, »Versuch's erst gar nicht«, dachte ich mir. Ich musste mich auch den ganzen Tag auf den Bauch legen, ein Dauerständer ist in der

Öffentlichkeit schon etwas peinlich. Abends, nach dem Duschen, eröffnete mir meine Schwester, dass wir »Familienbesuch« bekämen. Familienbesuch von Déspinas Familie, also der ersten. Oh mein Gott, dachte ich, und: Ob mir heute Abend wieder schlecht vom Essen wird? Vielleicht würde ich es auch nur vortäuschen, um diesem Drama zu entgehen?

»Die Eltern sind gerade hier unten, weil die kleine Schwester von Déspina zu Besuch ist, sonst wohnt die ja in Athen, ein ganz erfolgreiches Mädchen«, sagte Voula, »Ärztin in der renommiertesten Klinik in Athen, lernt gerade Deutsch, um sich abwerben zu lassen.« »Na, Prost, Mahlzeit«, dachte ich, »wenigstens nicht so debil wie ihre Schwester.«

Und nicht so hässlich … Als sie sich aus diesem Pulk sich umarmender Menschen befreite, konnte ich sie endlich erkennen. Kate Winslet. Die Schwester von Déspina? Sie schritt lächelnd auf mich zu, sagte, »Wir kennen uns doch«, und flüsterte mir ins Ohr: »Vielleicht sehe ich den Ständer bald mal ohne Badehose?« DAS verstand ich gerade noch auf Griechisch, errötend sagte ich etwas zu laut: »Freut mich auch, dich kennenzulernen.« Und fragte mich im selben Moment, ob das meine nächste und letzte Freundin werden könnte. Kate Winslet – und nicht Déspina.